Bruce Bégout

Der ParK

Bruce Bégout

Der ParK

Roman

Aus dem Französischen von
Franziska Humphreys-Schottmann

diaphanes

Titel der französischen Originalausgabe: *Le ParK*

1. Auflage 2011

www.diaphanes.net

Satz und Layout: 2edit, Zürich
Druck: Pustet, Regensburg

ISBN 978-3-03734-174-2

Für Alexandra

»Unser Verfahren ist das eines Forschungsreisenden in einem unbekannten Weltteile, der sorgsam beschreibt, was sich ihm auf seinen ungebahnten Wegen, die nicht immer die kürzesten sein werden, darbietet. Ihn darf das sichere Bewusstsein erfüllen, zur Aussage zu bringen, was nach Zeit und Umständen ausgesagt werden musste und was, weil es treuer Ausdruck von Gesehenem ist, immerfort seinen Wert behält [...].«

Edmund Husserl

1

Eigennamen sind im Allgemeinen von der Bürde entbunden, etwas bedeuten zu müssen. Zwar verweisen sie auf Wesen, doch sie sagen nichts über sie aus. Von dieser Regel gibt es einige Ausnahmen. ParK ist ein Park. Aber kein Park wie jeder andere. Es gibt alle Arten von Parks, Parks für Pflanzen, Tiere und Menschen, Gewerbe, Fahrzeuge und Technik, es gibt Freizeitparks, Haftlager, Parkhäuser, Schutzgebiete. All das und noch viel mehr ist ParK. Seine Majuskel zeigt seine absolute Singularität an. Dieser Ort verkörpert in gewisser Weise die universelle Quintessenz aller realen und möglichen Parks. Er ist der Park der Parks, die äußerste Synthese, die alle anderen hinfällig macht, der universelle Begriff, die formale Invariante. Alles, was einen Park im Allgemeinen ausmachen kann, gibt es auch in ParK, aber in einer völlig neuen und ziemlich ausgefallenen Form. So mancher wird sie abscheulich finden.

2

ParK befindet sich auf einer privaten Insel vor Borneo. Seine Oberfläche von 624 km^2 entspricht ungefähr der Größe einer Megalopolis wie Djakarta. Über die Häfen von Malaysia erreicht man ihn per Schnellboot, auf dem brandneuen internationalen Flughafen landen mit dröhnenden Fahrwerken Langstreckenflugzeuge aus der ganzen Welt. Kalt, sein russischer Eigentümer, ist in der Waffen- und Unterhaltungsindustrie zu Geld gekommen, wirtschaftlichen Sektoren, die scheinbar nichts miteinander zu tun haben, sich aber in puncto Verkaufstechnik und Vertriebsstrategie nicht ganz fremd sind. Vor einigen Jahren hat er sich einen Namen gemacht, als er in den nördlichen Außenbezirken von Moskau zwischen einem weitverzweigten Autobahnkreuz und einem riesigen, von wortkargen Kasachen geführten Schrottplatz den ersten Freizeitpark eröffnete, der der Fabrikarbeit gewidmet war. Am Eingang konnten sich die Besucher in einer riesigen Garderobe im Sowjetstil Blaumänner anziehen, um sich dann unter der Anleitung qualifizierter Animateure damit zu vergnügen, ein Werkstück auszufräsen, eine Maschine zu führen, Stahl zu schmelzen, einen Motor zusammenzubauen. Den meisten Besuchern hat das großen Spaß gemacht, und so ließ der Erfolg nicht lange auf sich warten. Auf den Schwingen des Erfolgs und mit dem Elan, den ein geglücktes Geschäft verschafft, diesem vermessenen Selbstvertrauen, das einen ohne Zögern alles wagen lässt, schuf er weitere originelle Themenparks: der *Verzauberte Bau*, wo sich die Kunden nach einer kurzen Einführung der spielerischen Bedienung von Schaufelbaggern, Lastkränen, Gabelstaplern, Teermaschinen, Hydraulikbohrern, Hebebühnen, Presslufthämmern, Straßenwalzen und Kettenradlastern widmen können; oder das *Schwarze Ghetto*, in dem die Lebensbedingungen in einer völlig heruntergekommenen, von Drogenhandel, Bandenkriegen und Pitbullkämpfen korrumpierten Vorstadt nachgebildet wurden, und das mit einer solchen Sorgfalt, dass das Ergebnis durchaus als lebendiges Abbild gelten kann. Aber, so viel kann schon vorab gesagt werden, ParK stellt alle diese Parks, so außergewöhnlich sie auch sein mögen, definitiv in den Schatten. Mit ihm bricht eine neue Ära im Zeitalter der Massenunterhaltung an. Eigentlich ist schon der Begriff »Unterhaltung« nicht mehr angemessen. Mit ParK sind wir zu etwas anderem übergegangen, zu etwas, das das einfache Freizeitvergnügen ultimativ übersteigt, etwas, das zwischen allen Stühlen steht. Es geht nicht mehr um das Erleben »magischer Momente in einem rundum abgesicherten Raum«, sondern um Unbehagen, idiotische Spiele, senile Dekorationen. So gesehen ist ParK genauso gut ein Park der Sensationen wie der Aversionen. Bei ParK hat man es weniger mit dem alten Schema von *panem et circenses* zu tun als vielmehr mit der kosmopolitischen Regierungsform im Zeitalter des Web 3.0. Wir sollten ausdrücklich betonen, dass Freude und Zerstreuung an diesem außergewöhnlichen Ort durchaus nicht fehlen, ParK in dieser Hinsicht also keineswegs gegen den Strom dessen schwimmt, was man von Freizeitparks so gewohnt ist. Nur ist das Vergnügen hier an andere, weniger spielerische Elemente gekoppelt, die ihm einen wirklich verblüffenden, ja explosiven Dreh geben. Eine neue Geografie des Traums entsteht. Mit all ihren ambivalenten Bildern, vagen Stimmungen und wilden Verdichtungen.

3

Bei den ungeheuren Ausmaßen von ParK, der auf seiner Insel im Grunde eine Welt für sich ist, blieben logistische Probleme nicht aus, an denen alles hätte scheitern können, wären nicht radikale Lösungen gefunden worden. Zu nennen ist hier insbesondere das bedeutende eingleisige Schienennetz, das in wenigen Minuten die wichtigsten Sehenswürdigkeiten verbindet und so den schnellen Zugang zu den diversen Attraktionen sichert. Sämtliche Fortbewegungsmittel innerhalb des Parks sind ohne zeitliche und räumliche Beschränkung im Pauschaltarif inbegriffen. Tageweise können die Besucher auch einen Segway-Roller mieten und so, zumindest in den dafür zugelassenen Zonen, Erkundungstouren auf eigene Faust genießen. Egal welches Fortbewegungsmittel man wählt, alle zeichnen sich durch technische Effizienz und hohes Umweltbewusstsein aus. Nichts wurde dem Zufall überlassen. Das kleinste architektonische Detail ist abgewogen, berechnet. Dennoch ist es unrealistisch, alle Highlights an einem einzigen Tag besichtigen zu wollen. Manch einer behauptet sogar, dass selbst ein ganzes Jahr dafür nicht ausreichen würde. Sicher ist jedenfalls, dass keines der imposanten Gebäude von ParK einen anderen Ort, eine andere Stadt, eine andere Epoche imitiert. Hier gibt es kein Pariser Viertel, das von einem marokkanischen Souk durchsetzt ist, keine Manhattan-Skyline, die an »schwimmende Märkte« grenzt, kein *Splashland* im Kern einer mittelalterlichen Burg, keine Science-Fiction-Stadt, die venezianische Palazzi umgeben. Nichts erinnert hier an die falschen Sammelsurien gewöhnlicher Freizeitparks, ihre hemmungslosen Mosaike aus regionalarchitektonischen Versatzstücken, ihre parodistische Ironie, die sich selbst in den Schwanz beißt. Das vollständig durchdachte *global design* von ParK enthält keine humoristischen Zitate, keine gefälligen Anspielungen. Seine Originalität ist total.

Es ist ein Ort, der zugleich bekannt und unbekannt wirkt, der durch kleine, unverbundene und disparate Einsprengsel ein Gefühl der Unheimlichkeit aufkommen lässt, jenes Gefühl der scheinbaren Vertrautheit, die aber zu vertraut ist, als dass man wirklich beruhigt wäre.

4

Obwohl wir die Literatur, die ParK gewidmet ist, aufmerksam studiert haben, ist es uns bislang nicht gelungen, die eigenartige und verquere Idee auszumachen, die den Anstoß zu seiner Entstehung im pathologisch verschrobenen Hirn ihres Erfinders gab. Alles in allem ist das auch völlig belanglos, die Phantasie schuldet den Prinzipien der Vernunft nichts und muss sich von ihnen auch nichts vorschreiben lassen. Es steht zu vermuten, dass Kalt alle von ihm erschaffenen Parks und ihre herkömmlicheren Konkurrenten inspiziert und dann den Entschluss gefasst hat, noch weiter zu gehen, die Schranken des Wahrnehmbaren zu verschieben, mit den Grenzen des Extremen zu flirten und etwas absolut Revolutionäres zu schaffen. Zweifellos übertrifft das Resultat noch seine exzentrischsten Träume. Das Phantasma hat hier, wie schon der Wahn, Gestalt angenommen.

5

Es ist sehr schwierig, sich einen umfassenden Überblick über ParK zu verschaffen. Am Eingang erhält man keine Karte und auch Schilder mit Orientierungsplänen sucht man vergebens. Es gibt zwar Hinweisschilder im Inneren des Parks, aber sie weisen immer nur den Weg zu einem ganz bestimmten Ort, ohne ihn in einen umfassenderen Raum einzuordnen, mit dem er klar verbunden wäre wie ein deutlich unterscheidbarer Teil mit dem Ganzen. Das Fehlen einer festgelegten Form beunruhigt die meisten Besucher, die sich, sobald sie die Drehkreuze am Eingang durchschritten haben, nur furchtsam und vorsichtig voranwagen. Das ist durchaus nachvollziehbar. Allerdings birgt ParK noch sehr viel verstörendere Elemente als bloß das Fehlen von Form. Er erzeugt die Illusion, dass die Erde nicht existiert. Oder vielmehr, dass sie nur in ihm und durch ihn existiert. Einige fragen sich sogar, ob nicht die Insel ParK ist. Tatsächlich ist keinerlei Umzäunung auszumachen, die ihn klar abgrenzen würde. Allein die stürmischen Wogen des Chinesischen Meers bilden eine natürliche Barriere, die diesen Ort vom Rest der Welt isoliert und ihm seine einzigartige Beschaffenheit als Park, geografische Zäsur, räumliche Diskontinuität verleiht. Dennoch lassen sich die Gebäude, die der Beförderung und Erholung der Besucher dienen (Flughafen, Hotels, Restaurants, Geschäfte) mühelos von denjenigen unterscheiden, die zu ParK selbst und den verschiedenen ansprechenden Aktivitäten, die sich in ihm abspielen, gehören. Aber auch hier wurden die Gebäude nicht zu einer abgeschlossenen Einheit oder zu erkennbaren Gruppen zusammengefasst; vielmehr liegen sie überall versprengt, so dass man den Eindruck hat, dass sie das Ergebnis eines zufälligen Prozesses sind, der in einem unscharf umrissenen Raum abläuft, mit dem Ziel, sie zu einer wilden Umgebung zu vermischen, die, wie wir noch sehen werden, für ParK eine entscheidende Rolle spielt. Aufs Ganze gesehen zeichnet sich kein besonders klares *zoning* ab: Das Spielerische steht neben dem Technischen, das Kommerzielle neben dem Residentiellen. Böse Zungen behaupten – immer gibt es Leute mit schlechten Absichten, die um der reinen, fruchtlosen Lust am Kritisieren willen die großartigsten Fortschritte der Unterhaltungskunst ablehnen –, dass die dem Personal vorbehaltenen Gebäude ebenfalls zu ParK gehören, und zwar in Anbetracht der riesigen Glasfenster, die von allen Seiten die Wände durchbrechen und ihnen so das Flair einer Messehalle verleihen, so dass jede intime Szene zum öffentlichen Spektakel wird, jede Geste eine folkloristische Darbietung, und dass es eigentlich auch nur darum geht, wodurch zu verstehen gegeben wird, dass gemäß dem Prinzip der Reversibilität, das immer schon Kernstück der phantastischen Kunst war, diejenigen, die in diesem Park das ganz Jahr über eingesperrt sind, nicht das sind, was man zu glauben meint. Wir können die Gültigkeit dieser Behauptung nicht ohne Weiteres anerkennen. Die Bewohner von ParK und seine Besucher verbindet nichts außer dem Sinn für die Inszenierung der einen und die ungesunde Neugier der anderen.

6

Pro Tag dürfen nur hundert Personen ParK besuchen. In Fünfergrüppchen können sie die Anlage erkunden, ohne dabei Gefahr zu laufen, dass sich ihre Wege kreuzen – denn es gibt für einen Touristen nichts Schlimmeres, als einem anderen Touristen zu begegnen, der auf dieselben Dinge versessen ist, ihn von etwas sprechen zu hören, was man selbst gern gesagt hätte und was, von einem anderen ausgesprochen, banal und langweilig wird. Natürlich trifft man an allen Ecken und Enden auf viele andere Besucher, aber das sind nur Schauspieler, deutlich erkennbar an ihrem grünen Button, die das fragende Staunen des Entdeckens simulieren, um eine gesellige Atmosphäre kollektiv geteilter Erfahrung zu schaffen. Zwei Aufseher begleiten die echten Gäste auf Schritt und Tritt und wachen pausenlos über ihre Sicherheit. Es heißt, dass in unsichtbaren Winkeln des Parks etliche Elitescharfschützen postiert sind, um einzugreifen, sobald es Probleme gibt, und die unkontrollierbaren Elemente, die das Leben der Kunden in Gefahr bringen könnten, skrupellos zu eliminieren. Sie nehmen ihr Ziel ins Visier, halten den Atem an und treffen bei jedem Schuss sicher ins Schwarze. Wir konnten diese Aussagen nicht überprüfen, aber fest steht, dass die Leitung von ParK sehr stolz darauf ist, ihren wenigen und begüterten Besuchern maximale Sicherheit zu garantieren, das Nullrisiko sozusagen, wenn es denn ein solches gibt. In Anbetracht der sehr speziellen Beschaffenheit von ParK ist dies eine Garantie für Seriosität und Glaubwürdigkeit. Mehr als jedes andere touristische Ziel fordert er permanente Wachsamkeit. Schon der kleinste Zwischenfall würde seinen Ruf ruinieren. Gleichzeitig kommt man nicht umhin sich zu fragen, ob diese Zwischenfälle bei all ihrer Grausamkeit (gelegentlich ist die Rede von Raubtierattacken, kannibalischen Übergriffen, Schlägereien um zu Boden gefallene Brotkrumen) nicht eher zu seinem verstörenden Charisma beitragen. In Anziehung mischt sich allzu oft Abscheu. Und das eine dient dem anderen, steigert seine Kraft und Intensität. Nichts erregt, was nicht auch quält. Das Wunderbare und das Furchtbare, das Spielerische und das Pathetische, alles, was starke Emotionen weckt, ob angenehme oder nicht: das ist das spektakuläre Versprechen von ParK.

7

Die riesigen Hallen des *Pavillons der Visionäre* sind dem Andenken an die Lebensläufe jener außergewöhnlichen Geister gewidmet, die jene so besonderen Orte, wie Parks, Lager, Reservate und Grünanlagen es sind, ersonnen haben. Jedem dieser unsterblichen Genies ist ein eigener Raum zugeeignet. Anhand von Bildern, Videosequenzen, Tondokumenten, Installationen, Animationen, einer ganzen Reihe von Archiven, die gemäß den Grundsätzen moderner Geschichtsvermittlung entstaubt wurden, werden ihr biografischer Werdegang, aber vor allem auch die persönlichen und sozialen Bedingungen geschildert, die der Entfaltung ihres genialischen Schaffens förderlich waren. Müßig wäre es, sie alle hier aufzuzählen. Nennen wir nur einige der berühmtesten: Heinrich Himmler, John Muir, Phineas Taylor Barnum, Victor Gruen, Carl Hagenbeck, Albert Speer, George Tilyou, Paul Kruger, Naftali Frenkel, Walt Disney, Ferdinand Vandeveer Hayden, Lothar von Trotha, Stephen Alan Wynn, Lord Kitchener, Peter Watkins. Auf ihren jeweiligen Gebieten, ob Naturschutz, Vernichtungspolitik, Spurensicherung oder Müllentsorgung, haben sie alle einen außergewöhnlichen Sinn für die Inszenierung bewiesen. Ihnen verdankt der Park seine ursprüngliche Form. Sie haben das Feld seiner Möglichkeiten erweitert. Jeder hat für seinen eigenen Bereich die Idee der Enklavenbildung erneuert und sie den neuen Bedürfnissen der Moderne angepasst: Spektakel und Überwachung, Zerstreuung und Ordnung. Dank ihnen ist der klassische Park Lager, Reservat, Markt, Ghetto geworden. Wenngleich auf höherem Niveau, in seiner Wesensbestimmung erweitert und um neue Horizonte bereichert, blieb der Park dennoch stets diese spezielle Einhegung, der die Menschheit seit jeher ihr Schicksal anvertraut hat. Zu der einfachen Einfriedung, in der sich die Ureinwohner organisch entwickelten, kamen bald auf ganz natürliche Weise die wesentlichen Funktionen der Kontrolle der Menge, der Verwaltung ihres Lebens hinzu. Was wäre aus der Gattung Mensch ohne ihre Parks geworden? Man kann ohne jede Übertreibung behaupten, dass sie aufgrund mangelhafter Anpassung an ihre natürliche Umwelt alsbald erloschen wäre oder dass stärkere und besser angepasste Spezies sie unterjocht hätten. Die Einhegung war der Rettungsanker der verwundbaren und schutzlosen Menschheit, ihre regenerierende Prothese. Städtebau, Landwirtschaft, Tierzucht, Technik, Freizeit, natürliche Auslese, Befriedung, Bildung, Heilkunst, all das entstand und gedieh zwischen den Mauern einer Enklave, hinter schützenden Barrieren. Überlegt man aber, bis an welchen Extrempunkt ParK die Idee der heilbringenden Enklavenbildung getrieben hat, überkommt einen eine fiebrige Vision, in der sich unendliche Strudel über mentalen Abgründen auftun, in denen der infernalische Lärm von Menschenmengen widerhallt, die vor Freude kreischen und mit ihren Skalpell-Armen an surrenden Maschinen das Fleisch ihrer blutenden Opfer zerteilen, deren vor Entsetzen starre Augen flüchtig im gehärteten Stahl aufblitzen.

8

In der Mitte des Hauptausstellungsraums, der – wenn man dem Glauben schenken mag, was in hochtrabendem Ton in der Broschüre behauptet wird – so groß ist, dass darin drei Flugzeugträger Platz finden könnten, befindet sich ein riesiger, mittels einer ausgefuchsten Vorrichtung frei in der Luft schwebender Würfel mit Projektionsflächen, der in Bildern, Statistiken und Filmen Basisinformationen über die diversen eingehegten Bevölkerungsgruppen in aller Welt ausstrahlt. Es wird dort vor allem ein Spielfilm gezeigt, den ein Hollywood-Regisseur gedreht hat und der die Geschichte des langsamen, aber unaufhaltsamen Prozesses der menschlichen Einhegung erzählt, von den ersten prähistorischen Einfriedungen, die sich nur grob mit ein paar Holzpfählen gegen die wilde Natur abgrenzten, bis hin zu den geschlossenen Wohnanlagen in den wohlhabenden Vororten der westlichen Welt, die mit Elektrozäunen und Überwachungskameras ausgestattet sind. Zitate berühmter Denker unterstreichen die digitalen Bilddaten. Vor allem eines ist uns im Gedächtnis geblieben, das den Geist dieser Ausstellung bestens auf den Punkt zu bringen scheint: »Ungeachtet unserer Sehnsucht nach dem Unendlichen bestimmt das Bedürfnis nach Eingrenzung unser Wesen.«

9

Niemand kann seine an Unbehagen grenzende Verblüffung verbergen, wenn er seinen Besuch von ParK beendet hat, endlich die aufdringlichen Aufseher losgeworden ist und versucht, eine Bilanz aus dem Tag zu ziehen. Worum geht es hier genau? Ist ParK ein Museum, das den verschiedenen Formen menschlicher und tierischer Einhegung zu allen Zeiten gewidmet ist? Ein Laboratorium unter freiem Himmel, in dem vor aller Augen mit den künftigen Praktiken sozialer Kontrolle experimentiert wird? Das geschmacklose Delirium eines psychopathischen Milliardärs, der seinen Wahnsinn unter Unsummen und mit weltweiter Werbung bis zu einem Grad extremer und gefährlicher Kultiviertheit getrieben hat? Eine neue, erfindungsreiche und schreckliche Etappe in der Industrie der Massenunterhaltung? Die Meinungen gehen hier auseinander. Doch die Fakten liegen vor, die Datenlage ist klar, nur ihre Interpretationen weichen voneinander ab und gehen mit Sicherheit an den tieferen Absichten, die ihnen zugrunde liegen, vorbei. In gewisser Weise kann jedes der folgenden Adjektive mit gutem Recht auf ParK angewendet werden: erstaunlich, entsetzlich, empörend, wunderbar, kapitalistisch, totalitär, gottlos, überwältigend, gigantisch, niederträchtig, amerikanisch, utopisch, verrückt, mystisch, abstoßend, vielsagend, hypermodern, beunruhigend, beeindruckend, vulgär, nihilistisch, dumm, magisch, prophetisch, außergewöhnlich, abartig, aktuell. Ungeachtet der Meinung, die man von diesem Ort haben mag, dem günstigen oder ungünstigen Urteil, das man über ihn fällt, dem angenehmen oder unangenehmen Eindruck, den seine bloße Nennung unmittelbar hervorruft, bleibt doch dieser einfache Tatbestand auf ewig wahr: Er existiert, und er ist genau das, was er zu sein vorgibt. Nicht mehr, nicht weniger. Doch hofft man vergeblich darauf, dass der prickelnde Glanz dieser imaginären Architektur je andere Ideen hervorbringen könnte als jene schrecklichen Enthüllungen, die ein bösartiges Geschöpf mit Grabesstimme in ein ängstliches Ohr flüstert. Einmal unter seinem Einfluss, kann sich auf lange Sicht niemand der Erfahrung von ParK und seinen verstörenden Auswirkungen entziehen. Und während wir noch versuchen, uns wieder zu fassen und uns davon zu überzeugen, dass diese falschen, von der Hand eines spaßigen Entertainers inszenierten Alpträume letztlich kindisch sind, kommen uns grässliche Erinnerungen an Schauerlektüren in den Sinn und bestätigen ohne Wenn und Aber unsere ersten üblen Eindrücke. Die Erfahrung, die wir in ParK machen werden, wird uns ganz bestimmt nie wieder in Frieden lassen.

10

Nicht zufällig befindet sich ParK auf einer Insel. Seit einem Jahrhundert haben sich alle großen Erneuerungen, die den Lauf der Weltgeschichte entscheidend verändert haben, an diesem besonderen Ort abgespielt: Coney Island, Mururoa, das Seebad Prora, Singapur. Wir sind bei weitem nicht die Ersten, die das behaupten. Alle, die sich genauer mit dem technischen und moralischen Fortschritt der Menschheit befasst haben, kamen mehr oder weniger zu demselben Ergebnis. Man muss zugeben, dass die geografische Situation der Insel den nach Wahrheit suchenden Geist anlockt. Ihre Isolierung und Abgeschiedenheit, die einer Eremitenklause gleichkommt, verheißen die günstigsten Bedingungen für eine rein geistige Forschungstätigkeit. Die Insel verkörpert eine Art objektiviertes Gehirn. Es ist also nicht weiter erstaunlich, dass die Denker der Utopie das Ergebnis ihrer Elaborate häufig auf einem solchen Stückchen isolierter Erde ansiedeln, das weitab von Kontinenten und Menschen liegt. Die Insellage schärft die Phantasie. Sie schafft ihr einen festen und begrenzten Rahmen, innerhalb dessen sie fiktive Situationen erfinden kann. Ihre trennende Kraft macht jeden Neuaufbruch möglich. Die Isolierung wirkt wie eine weißes Blatt Papier. Die Insel von ParK bildet keine Ausnahme von dieser Regel. Vielmehr ist sie deren extremste Anwendung. Zugleich experimentiert sie auf verwirrende Weise mit jenen Phänomenen, die die Gattung Mensch wesentlich ausmachen: Freude, Angst, Wut, Hass, Mitleid, Fürsorge, aber auch Neid und Neugier, Selbsterhaltungstrieb und Nachahmungsdrang. Die Lektion, die uns ParK erteilt, kann nicht von jedem und nicht unter allen Umständen angenommen werden; sie erfordert eine gewisse physische und mentale Vorbereitung, eine Öffnung des Geistes, die Fähigkeit, Vorurteile und Tabus radikal in Frage zu stellen. Die Abgeschiedenheit der

Insel begünstigt die allmähliche Bewältigung dieser Schock-Erfahrung, die aus Gründen, die uns später noch einsichtig werden, unter normalen Lebensbedingungen nicht verarbeitet werden kann. Was nämlich würde passieren, wenn sich ParK im Vorort einer großen Metropole befände und wie jedes andere Gebäude in das urbane Netz von Autobahnen, Gewerbegebieten und Vierteln mit Einfamilienhäusern integriert wäre? Wir wagen nicht daran zu denken. Wahrscheinlich würde seine verstörende Anwesenheit sofort gewalttätige Reaktionen, Massendemonstrationen und jähe, blutige Tumulte entfachen.

11

Auch diejenigen, die es bis jetzt noch nicht verstanden haben, sollten nun langsam begreifen, was genau ParK ist. Sein Prinzip ist einfach. Sein Erfinder wollte alle denkbaren Formen von Parks in einem einzigen Park vereinen. ParK kombiniert Wildgehege und Erlebnispark, Konzentrationslager und Technologiezentrum, Jahrmarkt und Flüchtlingslager, Friedhof und Kindergarten, Zoo und Altersheim, Baumschule und Gefängnis zu einer nie dagewesenen Einheit. Allerdings behält dabei keines der Elemente seine Autonomie bei, keines funktioniert noch für sich allein. Vielmehr gehen sie vollständig in dieser Einheit auf, in der sich die unterschiedlichsten Eigenschaften aneinanderfügen; ParK schlägt Brücken, vermischt Genres, vertauscht Gebäude, vermengt ihre Bewohner, verkehrt die Rollen. Es geht darum, miteinander in Beziehung zu setzen, was abgesehen von jenem kleinsten gemeinsamen Nenner der Einhegung überhaupt keine Beziehung hat. Daraus entsteht eine synthetische Landschaft, die Jahrmarktstrubel und urbane Dystopie vermengt, ein Versuchsfeld für die architektonische und soziale Hybridisierung. Auf diese Weise kommt es zu seltsamen Kollisionen. Beispielsweise schleichen sich die Gefangenen eines Arbeitslagers allabendlich zu den Wasserstellen eines afrikanischen Reservats, das von diskret getarnten Beobachtungsplattformen umgeben ist, um dort unter Lebensgefahr ihren Durst zu stillen. Die turbulente Fahrt mit der Geisterbahn endet auf den kalten, nebligen Gleisen eines sibirischen Bahnhofs, wo bösartig aussehende Soldaten warten, die vor Blutdurst zitternde Wolfshunde an der Leine führen. In der perfekten Nachbildung eines amerikanischen Gefängnisses im Irak können die Besucher Folterknecht spielen und ihre düsteren Heldentaten mit ihren Handykameras filmen. Der psychopathologische Raum von ParK richtet sich in jeder Hinsicht an der Drehscheibe des internationalen Terrorismus und des immunisierten Urbanismus aus. Eins steht fest: Seine Originalität beruht auf dem bunten Durcheinander verschiedener Arten menschlicher Enklavenbildung an ein und demselben Ort, auf dem subtilen Spiel wilder Kreuzungen, surrealistischer Collagen, monströser Verkupplungen und unerhörter Vergleiche, die manchmal genial sind, manchmal auch lächerlich, immer aber provokant. Alle Funktionen, die ein Park haben kann und die sonst säuberlich voneinander getrennt sind, werden hier restlos miteinander vermengt: schützen, isolieren, einsperren, unterhalten, erforschen, zähmen, klassifizieren, gruppieren, vernichten. ParK sticht also nicht durch ein besonderes Thema hervor, sondern gerade durch das Fehlen jeglichen Themas. Es sei denn, gerade das wäre sein eigentliches Thema und in Wahrheit er selbst sein eigenes Exponat, denn ParK stellt nichts anderes zur Schau als die diversen Gestalten, die er im Laufe der Jahrhunderte angenommen hat und die je nach Kontinent verschieden sind: Eigentlich setzt er die Einhegung selbst in Szene.

12

Das Hotel-Casino *Todeskamp I* ist sicherlich einer der umstrittensten Höhepunkte von ParK, dem es ja an verblüffenden und empörenden Orten nicht mangelt. Viel Tinte wurde darüber vergossen. *Todeskamp I* ist sogar Gegenstand einer offiziellen Petition, die vor dem Internationalen Gerichtshof für Menschenrechte sein Verbot erwirken will. An sich ist die Anlage völlig unauffällig. Sie besteht aus geometrisch angeordneten Baracken, die durch drei breite Gräben und drei hintereinandergestaffelte meterhohe Stacheldrahtzäune abgeriegelt ist. Auf den angestrahlten Wachtürmen rotieren ununterbrochen riesige Scheinwerfer, die gleichzeitig dazu dienen, eventuelle Fluchtversuche aufzuspüren und Werbespots auszustrahlen. Doch das Wesentliche spielt sich nicht hier, sondern im Inneren der Kasernen ab, hinter dicken Mauern mit winzigen, vergitterten Fensterluken. Unter tiefhängenden Decken, von denen brauner Staub bröselt, der in den Augen brennt und die Kehle austrocknet, frönen die Besucher allen nur irgend denkbaren Glücksspielen. In dieser jämmerlichen Umgebung, die irgendwie ein Mittelding aus Stalag und Riviera ist, werden Wetten abgeschlossen, Karten gemischt und die Ellbogen gebraucht, da wird gebrüllt und gehofft. Es stinkt wie in einer schlecht gelüfteten Tierhandlung, nur der Lärm der Spielautomaten durchdringt den Mief und mischt sich in das klagende Quietschen der rostigen Etagenbetten, in denen die Häftlinge, die keinen Zugang zur Party haben, wie Unrat zusammengepfercht sind; hinter der unsichtbaren Wand ihrer Erniedrigung beobachten sie die Szene mit der freudlosen Resignation der lebenslänglich Verbannten. Mit stilechten Lumpen ausstaffiert, stöckeln Hostessen mit einer rührenden Mischung aus Anmut und Unbeholfenheit zwischen den wackeligen Tischen herum und reichen auf Silbertabletts perlende Champagnerschalen und alte Brotkanten. Unter dem metallisch blauen Blick der Wachen werfen die völlig überdrehten Kunden ihre vielfarbigen Jetons, die geformt sind wie Fleischklöße, stapelweise auf den schwach beleuchteten Teppich des Roulettetischs. Unbeweglich und ausdruckslos, vom wiederholten Pech wie zermürbt, drücken sich ein paar völlig niedergeschlagene Gestalten an eine Wand, die den Muff von Zigarettenqualm und totem Fisch ausdünstet. Sie halten sich auf Abstand und nehmen keinen Anteil an der Welt und ihrer munteren Geschäftigkeit. Sie wirken, als würden sie auf etwas warten, was niemals eintreten wird. Ihr Blick verrät, dass sie sich ganz und gar der Notwendigkeit gefügt haben, wie gehetzte und in die Enge getriebene Tiere, die einen mit großen Augen schicksalsergeben anschauen, weil sie ganz genau wissen, dass das trostlose Verhängnis, das ihnen bestimmt ist, unwiderruflich ist. Alle drei Stunden wird im zweiten Untergeschoss, in einem riesigen fenster- und schmucklosen Veranstaltungssaal, eine unterhaltsame Revue gegeben, in der Tänzerinnen wie kopflose Hühner zu den schrillen Klängen irgendeiner Zigeunermusik herumzappeln. Die Vortänzerin, die unter der Einwirkung übermäßigen Alkoholkonsums steht, stolpert unentwegt. Nicht selten geschieht es, dass sie sich auf offener Bühne übergibt. Selbstverständlich weiß niemand, welche der Insassen von *Todeskamp I* Darsteller und welche wirkliche Gefangene sind. Trotz des orangenen Armbands, an dem man die echten Besucher klar erkennen kann, ist es nicht einfach, die Schauspieler, die engagiert wurden, um eine Rolle zu spielen (manchmal die des Besuchers selbst), von den Häftlingen, die hier ihre Strafe verbüßen, zu unterscheiden. Denn ParK ist insofern einzigartig, als sich kaum jemand freiwillig dort aufhält; jeder ist genau das, was er spielt. Und das aus gutem Grund: Jeder spielt permanent seine eigene Rolle. Wie Licht, der visionäre Architekt, es im Presseheft ausdrückt: »Nur die äußerste Wahrheit verfügt über die Macht der Fiktion, die die Realität unwirklich erscheinen lässt.«

13

Sind das anfängliche Schwindelgefühl, die erste Verwirrung erst einmal vergangen, führen die in ParK gemachten Erfahrungen zwangsläufig zu einem ernsten Nachsinnen über den tieferen Sinn, der diesem menschlichen Zoo zugeschrieben werden muss. Auch in den Werbeprospekten des *Pavillons der Visionäre* wird nicht versäumt, erhellende Gedanken zeitgenössischer Philosophen über die absolute Notwendigkeit der räumlichen Kontrolle der Weltbevölkerung zu zitieren. Wenn man es recht bedenkt, kann der Mensch seine absolute Öffnung auf die Welt nur schwer ertragen. Das Fehlen von Grenzen springt ihm an die Gurgel und würgt ihn heftig. Die schmerzhafte Erfahrung eines unbegrenzten, bodenlosen Abgrunds bringt ihn dazu, permanent den unendlichen Raum zu verdrängen und sich hinter den materiellen und symbolischen Barrieren zu verschanzen, die er sich selbst künstlich geschaffen hat. Der Mensch wächst und gedeiht nur im Innern der Grenzen, die er sich wie Schutzwälle gegenüber einem unbestimmten Außen errichtet hat. Die Einhegung ist die praktische Lösung für die lähmende Furcht vor dem Unbegrenzten. Pfercht man Menschen wie Tiere zusammen, gesteht man das dringende Bedürfnis nach Autodomestizierung ein. Folglich wird jeder Park, ganz egal ob es sich um einen natürlichen, regionalen, nationalen, zoologischen, kommerziellen, technologischen oder thematischen Park handelt, notwendig eine organische Selbstregulation erzwingen. Ebendies bringt ein Satz, der aus einem jüngst erschienenen philosophischen Essay stammt, hervorragend auf den Punkt: »In den Menschenzoos, in denen ein kostbarer Bund zwischen Disziplin und Spektakel gestiftet wird, bewundern die Besucher ihre eigenen, alltäglichen Gesten und staunen über das, was sie immer schon getan haben, ohne die tieferen

Gründe dieser altgewohnten Gepflogenheiten zu kennen, die an blinde Routine grenzen.«

Über die Petition, die das Verbot von *Todeskamp I* bewirken will, heißt es, dass sie zu scheitern droht und wie so viele andere im Papierkorb des Unzulässigen landen wird. Drei Tage lang hat eine vom Internationalen Strafgerichtshof eingesetzte Kommission ParK einen Besuch abgestattet, um sich *mit eigenen Augen* ein Bild vom eigenwilligen Charakter seiner Highlights, seiner Themen und seiner Aufmachung zu machen. Von diesem Besuch drang nichts nach außen, allerdings gibt es Zeugen, die behaupten, dass der Chef der Delegation, ein norwegischer Jurist, sich an den Crap-Spieltischen von *Todeskamp I* wie irrsinnig amüsiert habe. Aus Angst vor einem möglichen Skandal und der damit verbundenen Medienberichterstattung, die dem Ruf der von ihm repräsentierten Institution nachhaltig hätte schaden können, habe man ihn mit Gewalt von den Spielautomaten wegreißen müssen. In dem verchromten Seitengehäuse eines einarmigen Banditen kann man noch die tiefen Kerben erkennen, die seine Fingernägel wie die geschriebene Spur eines schrillen Schreis hineingegraben haben. Angeblich zirkulieren die Fotografien, auf denen man ihn als Zwangsarbeiter verkleidet fröhlich zwei abgemagerte und von Schwären bedeckte Häftlinge umarmen sieht, unter der Hand in den Sitzreihen des Tribunals von Den Haag.

14

Anders als man hätte meinen könnte, herrscht in den Straßen von ParK für gewöhnlich eine festliche Stimmung. Der Großteil der Besucher vergisst recht schnell, wie krank die angebotenen Themenkomplexe eigentlich sind, und lässt sich nach und nach von einem bunten Reigen intensiver, schillernder Eindrücke mitreißen. Schaulustige stehen in kleinen Grüppchen heiter und staunend um Straßenzauberer herum, die als Sträflinge verkleidet (nur ihr Zylinder verrät ihren Beruf) ihre Tricks vorführen, geschminkte Schauspieler improvisieren witzige Sketche auf Kosten der Bewohner von ParK und verstoßen mit ihren obszönen Gesten gegen den guten Geschmack, Feuerschlucker liefern sich mit den Flammenwerfern eines Sonderkommandos einen Wettkampf hinsichtlich des Umfangs und der Reichweite ihrer Feuersäulen. An jeder Straßenecke gibt es Kioske, an denen man Bonbons und Handschellen kaufen kann und die augenzwinkernd ihren süßen Wohlgeruch nach warmem Karamell, Paraffin, sauren Erdbeeren und Motoröl verströmen. Wie unerschütterliche Ausgucke auf Segelmasten sind hier und da einsame Giraffen postiert, die mit jener aristokratischen Geringschätzung, die ihnen ihre Größe und ihr Tiersein verleihen, auf die menschliche Betriebsamkeit herabschauen. Ab und an äppeln sie auf die Straße und produzieren so das glänzende Makadam, das als Straßenbelag in der Stadt der Moiren dient, bevor sie mit ihrem langen Gerippe zu den Zweigen einer Acacia podalyriifolia weitergondeln. Der skandalöse Pesthauch der Giraffenscheiße hat kaum die Nasen des Publikums erreicht, als sich schon eine Putzkolonne in Bewegung setzt, um deren kurzen Eintritt in den Bereich der Wirklichkeit zu tilgen. Der einzige Missklang, der die Karnevalsatmosphäre trübt – die Schlange im Garten Eden –, rührt von dem jähen, gewaltsamen Auftauchen unkontrollierbarer Elemente her:

eine Gruppe von Flüchtlingen, die aus ihrem Internierungslager ausgebrochen sind und das piekfeine Restaurant eines Eventhotels erstürmen, wobei sie Tische und Buffet verwüsten; ein einsamer Büffel, der mit gesenkten Hörnern auf eine Schar (falscher) Touristen losgeht und die zu Boden gefallenen Körper in solipsistischer Wut zertrampelt; ein Besucher, dem von dem braunen Rauch, der aus dem Krematorium aufsteigt und am blauen Tropenhimmel zerstiebt, schlecht geworden ist und der nun in die Blumenrabatten auf der *Mainstreet* kotzt. Nie war ein Ort so im Gleichklang mit den dunkelsten menschlichen Seelenregungen – ein echtes Unisono. Mittels einer Form von Telepathie, die über wechselseitige Durchdringung funktioniert, speist sich ParK aus so verworrenen Gefühlen wie Angst, Wut und Ekel. Die Verheißung dieser intimen Allianz lässt viele leidende Geister hierher pilgern, die danach fiebern, die Übereinstimmung zwischen ihren eigenen seelischen Abgründen und jener wahnsinnigen Architektur zu erproben. ParK veräußert ihre dunkelsten Regungen, ihr unglückliches Gemüt. Wie auf dem Silbertablett liefert er eine spektakuläre Kostprobe phantasmatischer Projektionen. Er fordert seine eigene Epoche und ihre Stadtpolitik heraus: Wie Katastrophen inszenieren, die niemals eintreten werden? Er ist die Weltausstellung der Übel unserer Zivilisation, die gerade dadurch abgewendet werden, dass sie öffentlich ausgestellt werden. Fragt sich nur, bis wann.

15

Wenn es der Zeitplan zulässt, empfängt ParK dann und wann eine Delegation von Politikern, die aus aller Herren Länder kommen und die unterschiedlichsten politischen Systeme vertreten. Sie werden von einem Empfangskomitee willkommen geheißen und haben Anrecht auf eine Sondertour sowie auf ein Exklusivgespräch mit Licht, zumindest wenn ihm an dem Tag danach ist. Sie wollen alles sehen, alles wissen, alles verstehen, machen sich unermüdlich Notizen, knipsen Fotos, stellen zahllose Fragen, gieren auf jedes Detail, auf Präzisierungen, Anekdoten. Nichts schockiert sie, alles weckt ihr Interesse, ihr Entzücken, ihr Erstaunen. Sie stehen wie die Kinder vorm Lebkuchenhaus im Märchen: verblüfft und begeistert. Bereit, herzhaft in ihr zum Greifen nahes Glück zu beißen. Sie haben zu jenen Orten Zutritt, die den gewöhnlichen Besuchern verboten sind, sie werden mit vertraulichen Informationen versorgt und haben Gelegenheit, den Ausbildern Fragen zu stellen. Es liegt auf der Hand, dass sie von allen Besuchern die mit Abstand aufgeschlossensten und aufnahmefähigsten sind, diejenigen, die man am besten führen kann und die das meiste Lob spenden. Sie beschweren sich nie über bestimmte Unannehmlichkeiten, die mit ihrem Besuch verbunden sind, sie wettern auch nicht gegen die Niederträchtigkeit bestimmter monströser Kombinationen von ParK. Sie beachten sie einfach gar nicht. Spricht man in ihrer Gegenwart die moralischen Fragen an, die derart morbide Publikumsattraktionen aufwerfen, kratzen sie sich am Hals, schauen zur Seite oder tun so, als ob sie nichts gehört hätten. Die Aufrichtigsten unter ihnen, die am wenigsten von Komplexen belastet sind, verstehen ganz einfach nicht, wo das Problem liegt, und beenden die Diskussion. Einige sind kurz davor, einzugestehen, welch tiefen Respekt sie diesem Ort entgegenbringen. Ihren Mangel an Skrupeln deuten sie als positives

Anzeichen von geistiger Aufgeschlossenheit. Von den Aufsehern werden sie allgemein geschätzt, gern unterhalten sie sich miteinander und trinken zusammen Kaffee. Wobei erwähnt werden muss, dass sie ihnen neben den üblichen Dankesfloskeln auch ein hübsches Trinkgeld zukommen lassen. Kurzum, am Ende ihres Besuchs ziehen sie mit lauter neuen Ideen im Kopf fröhlich von dannen.

16

Nicht alle Publikumshighlights von ParK können wir ablaufen: Das *Uterus-Theater* zum Beispiel (»der erste zoologische Garten der Welt«), in dem die Touristen wie in einem Rodeo einige Minuten lang auf wild gewordenen Spermien reiten können, die bei einer jähen Ejakulation in die weiblichen Körperbahnen gespritzt werden, oder das *Mikromuseum*, in dem es nur einen einzigen Saal gibt, ein einziges Werk und einen einzigen Besucher pro Tag, dann das *Viertel der Einsamen*, der einzige Versuch weltweit, eine ganze Stadt ausschließlich aus Menschen zu bilden, die isoliert voneinander in totaler Selbstgenügsamkeit leben und keinerlei Kontakt untereinander haben, schließlich das *GTO*, das einst weltberühmte Gefängnis für islamistische Terroristen, das jetzt in einen Vergnügungspark umgewandelt wurde, mit den klassischen orangenen Overalls, Folterungen, denen per Computer beigewohnt werden kann, und schizophrenen Wärtern, die auf *free fight* stehen. Je nach Interessen, dem jeweiligen Geschmack und den individuellen Empfindlichkeiten muss eine Auswahl getroffen werden. Die Überfülle zwingt dazu, Prioritäten zu setzen. Was uns betrifft, so haben wir ein besonderes Faible für ein seltsames, ovales Gebäude. Im Populuxe-Stil gehalten, sieht *Das Kabarett der verlorenen Utopien* wie ein schmutzigrosanes UFO aus, das mit seinen kühnen Winkeln und hawaiianischen Kurven zu jener edlen Dynastie von Kitschgebäuden gehört, die utopistische Architektur und Werbebilderwelt vereinen. Nichts scheint es auf dem Boden zu halten. Seine biotechnologische Form, die von MTV-Clips und getunten Rennwagen abgekupfert zu sein scheint, vermittelt das Gefühl, keinerlei Schwerkraft zu kennen. Es scheint zu schweben wie eine schillernde Blase. Hinter seiner schicken Fassade verbergen sich endlose Galerien, in denen die Kunden an Arcade-Automaten die Vorbereitungen eines Attentats oder einer Revolution in einem Dritte-Welt-Land, das ein blutrünstiger Diktator mit eiserner Hand regiert, virtuell miterleben können. Im Schein ockerfarbener Lichtreflexe werden alle Aspekte des Freiheitskampfs auf Leben und Tod in einzelne Module überführt, die eine spielerische Teilhabe ermöglichen: Geheime Zellen müssen gebildet, politische Pamphlete verfasst, Splitterbomben gebastelt werden. Leider konnten wir diese Spiele nicht ausprobieren, weil die Warteschlange zu lang war und wir sonst mit unserem Zeitplan in Verzug geraten wären, der ohnehin schon sehr voll war und keinen Platz lässt, Zeit totzuschlagen. Ebenso bedauern wir, dass wir die *Terroristischen Gewächshäuser* nicht mehr besuchen konnten, *in denen unter Glasglocken in allen Farben schillernde fleischfressende Pflanzen neben Folterinstrumenten und handgemachten Bomben wachsen, die sie mit ihren todbringenden Blättern bedecken und so zu zeitgenössischen* memento mori *stilisieren* (wir zitieren hier aus dem Prospekt, den wir am Eingang des *Kabaretts* erhalten haben). Immerhin haben wir noch ein Auge auf die Wandfresken werfen können, die sich über mehrere hundert Meter erstrecken und an die gescheiterten Revolutionen der letzten zwei Jahrhunderte erinnern, die allesamt nach einer Phase der Euphorie (die nackten Oberkörper selbstbewusst herausgestreckt, die Zeigefinger gen Himmel gerichtet, die Blicke fest auf den Horizont fixiert, etc.) in einem Blutbad geendet haben. Von unserem Führer haben wir erfahren, dass sich die Leitung von ParK alle drei Monate gezwungen sieht, diese Fresken zu restaurieren, die unablässig angespuckt, zerkratzt, mit Cuttern zerschlitzt oder durch andere Akte von Vandalismus beschädigt werden. Niemand konnte dieses unbegreifliche Verhalten bislang erklären. Es sei uns gestattet, einen ersten Erklärungsansatz zu wagen: Es sieht ganz danach aus, als ob die Besucher zwar gern Revolutionäre spielen, es hingegen nicht ertragen können, dass andere es wirklich gewesen sind.

17

In der Dämmerung verwandelt sich ParK in ein märchenhaftes Lichtermeer. Millionen vielfarbiger Lichter färben den Südseehimmel, den Urahn funkelnden Strahlenglanzes, glutrot. In Straßen und Gebäuden gehen die Lampen an, überall blinken Neonlichter auf. In ihrer totalen Sichtbarkeit bieten sie eine Art profanes Spektakel, das allen zugänglich ist. Im Gegensatz zu den bunten Glasfenstern gotischer Kathedralen müssen sie sich nicht mehr in einen engen Chorumgang zwängen, sondern können vor aller Augen in der prosaischen Offenheit der Straße erblühen. Auf diese Weise ist der heilige Raum himmlischen Lichts buchstäblich explodiert und hat dabei sein Inneres nach außen kehrt. Neonlichter sind zugleich himmlisch und immateriell, und aufgrund dieses doppelten Vorzugs säkularisieren sie das künstliche Licht, das im Mittelalter noch als transzendent galt. Als Georges Claude Anfang des 20. Jahrhunderts das Patent auf die Neongasbeleuchtung anmeldete, konnte er noch nichts von jener sublimen Gabe ahnen, die er der modernen Welt darbringen würde.

Durch ihr regelmäßiges Blinken, das sich in lumineszierenden Schlieren in die Sehzapfen unserer Augen einbrennt, verkörpern die Neonlichter ganz allgemein das photoelektrische Pulsieren der Stadt. Dank ihrer fühlt man den Puls nicht mehr durch die Haut hindurch, sondern man sieht ihm ins Gesicht, man tastet ihn unmittelbar. Er stellt sich über den Straßen und auf den Hausfassaden zur Schau. Die Neonlichter krempeln die Haut der Stadt um, wenden sie nach außen und enthüllen so den künstlichen Mechanismus, der sie am Leben hält. Man könnte meine, die funkelnden Adern eines gigantischen Körpers zu sehen, dem man ein phosphoreszierendes Fluidum injiziert hat. Entlang ihres Schimmerns kann man dem Lebenssaft folgen, der in der Stadt zirkuliert und der Leben und Giftstoffe mit sich bringt. Er versorgt die Muskeln der Stadt mit Sauerstoff, reinigt ihre Grauzonen und verströmt seine chromatische Vitalität. Ohne Übertreibung kann man also behaupten, dass die Neonlichter die geheime Anatomie von ParK offenbaren. Wie öffentliche Elektrokardiogramme unterrichten sie uns über seinen Gesundheitszustand. Schaut man hingegen aus allzu großer Nähe darauf, wird man von der marktschreierischen Helligkeit geblendet. Denn das Paradox des Lichts besteht eben darin, dass es Menschen und Gegenstände zwar mittelbar erscheinen lässt, diejenigen aber blendet und vernichtet, die es ungefiltert sehen wollen. Das Neonlicht löst diesen Widerspruch nicht auf, sondern treibt ihn auf die Spitze. Es hebt die Dunkelheit nicht unmittelbar auf, sondern verleiht ihr vielmehr ein monochromes Inkarnat. Die Nacht färbt sich blau, grün, blasslila. Man kann sich des Gedankens nicht erwehren, dass im Herzen dieser auf die Nacht hin ausgedehnten Lichtbäder, in denen alle Katzen grau sind, noch immer all die dreckigen Einzelheiten und das schummrige Halbdunkel der Seele in einem Schatten kauern, der zwar nicht mehr physisch existiert, gleichwohl aber in anderer Gestalt fortlebt.

18

ParK bei Nacht besteht allerdings nicht nur aus Feuerwerken, die über einer Eindruck schindenden Kulisse aufsteigen. Jenseits der formlosen, überbordenden Lichthöfe fordert die Dunkelheit wieder ihr Recht. Von der luftigen Leichtigkeit des farbenfrohen Lichterglanzes ist hier nichts mehr zu spüren. Hier herrscht ein so tiefes Schwarz, das man es greifen zu können meint. In den Lagern wachen vereinzelte Lämpchen wie die geröteten Augen eines übermüdeten Gefängniswärters über den unruhigen Schlaf der von der Arbeit erschöpften Häftlinge. In finsteren Nischen lungern, stehlen und jagen wilde Tiere. Manchmal hört man das grausige Brüllen eines Löwen bis zu den erhellten Vorplätzen der Diskotheken, wo den Gästen, die nur kurz den stickigen Dancefloor verlassen haben, um frische Luft zu schnappen, das Blut in den Adern gefriert. Manch einer behauptet sogar, dass man jeden Abend die leuchtenden und leblosen Augen der Hyänen ausmachen kann, die um die Behausungen herumstreichen und dämonisch heulen. Um sie fernzuhalten, wirft man Steine nach ihnen oder Dosen, eben alles, was gerade herumliegt und durch sein Gewicht und seine Form geeignet scheint, im Bruchteil einer Sekunde (die Zeit, die der Blick braucht, um einen Gegenstand als mögliche Waffe zu erkennen) die neue Funktion eines gefährlichen Wurfgeschosses zu übernehmen, das genau ein solches Maß an Schmerzen zufügt, dass sich das Opfer umgehend nach dem Abklingen der ersten, akuten Qual dazu gezwungen sieht, das Feld zu räumen, ohne noch irgendwelche Gelüste zu verspüren, sich dort länger aufzuhalten.

Spitzt man die Ohren, vernimmt man nicht selten die markerschütternden Schreie eines Unvorsichtigen, der von einer wilden Tiermeute verschlungen wird. Sofort schalten sich die Aufnahmegeräte ein, die überall in ParK willkürlich verstreut sind, und registrieren mit der peinlichen Genauigkeit eines mechanischen Apparats Sekunde um Sekunde die quälend langsame Agonie des Unglücklichen. Dann birgt ein Techniker, der genauso phlegmatisch ist, wie die Apparate, die er bedient, die Aufnahme, reinigt sie von störenden Hintergrundgeräuschen, spielt an den verschiedenen Parametern des Reglers, um die Klangqualität zu verbessern, und überstellt die Aufnahme schließlich dem *Konservatorium der Schreie*, wo sie umgehend einem Publikum zur Verfügung gestellt wird, das versessen darauf ist, den unendlichen Nuancen des menschlichen Leidens zu lauschen.

19

Im Internet verbreiten sich die verschiedensten Gerüchte wie Viren. Eines der jüngsten betrifft das mysteriöse Bild, das angeblich auf den Luftaufnahmen von ParK zu sehen ist, die in einer Höhe von 35.000 Fuß gemacht wurden. Damit sich jeder selbst ein Bild von diesem eigenartigen Phänomen machen kann, hat eine renommierte Gesellschaft für terrestrische Aufklärung sogar eigens einen Link ins Netz gestellt, der mehr als 15.000 Besucher pro Tag registriert. Es ist ein Spiel, eine Jagd, eine Pathologie. In Costa Rica haben Surfer eine Seite ins Leben gerufen, die ausschließlich dem sogenannten *Bild von ParK aus der Vogelperspektive* gewidmet ist. Auf peinlich genaue und gemessen an dem letztlich völlig belanglosen Einsatz etwas übertriebene Weise (angesichts eines derartigen monomanischen Verhaltens, das sich mit einer gewissen Affektiertheit von unerschütterlichem Ernst auf die minutiöse Untersuchung eines einzigen Problems versteift, das von da an gigantische Proportionen annimmt, kann man nicht umhin zu denken, dass die Energie, die damit verschwendet wird, den lieben langen Tag das winzigste Detail genauestens zu analysieren, besser auf die Lösung allgemeiner und für das Wohlergehen der Menschheit sehr viel wichtigerer Probleme verwendet würde) verzeichnen sie dort die verschiedenen Interpretationen, die darüber kursieren. Die ermittelten Möglichkeiten werden nach absteigender Popularität aufgeführt: ein Totenkopf, das Gesicht Christi, das Porträt des jungen Dürer, ein Khmer-Ideogramm, das das Nichts bezeichnet, der Stadtplan von Olonne, ein allgemein bekanntes Warenlogo, die Buchstaben LPK, eine geschwungene Hieroglyphe der Großen Rasse von Yith. Aus einer Höhe von 55.000 Fuß gesehen, ergeben sich neue figurative Möglichkeiten: ein Sonnensymbol, das Wort REDRUM, ein Körper ohne Kopf, ein mittelalterliches Wappen, das Profil eines Gibbons, die Zahl 46. Alle sind fest davon überzeugt, in der Luftaufnahme von ParK ein verstecktes Bild erkennen zu können – oder zumindest etwas, was dem nahe kommt – und im Besucherforum wird in ausufernden Kommentaren darüber gerätselt, ob es menschengemacht ist oder einem übersinnlichen Wunder entspringt. Neugierig geworden, haben wir alle Luftaufnahmen von ParK, die im Netz stehen, aufmerksam studiert. Wir haben das Bild größer und kleiner gezoomt, wir haben es in hundertfacher Vergrößerung anzeigen lassen, es in Farbe und in Schwarz-Weiß ausgedruckt, es an die Wand gepinnt und es genauestens aus verschiedenen Entfernungen untersucht; wir haben größte Sorgfalt walten lassen, aber auch die Überrumpelungstaktik angewendet, indem wir zum Beispiel plötzlich ins Zimmer gesprungen sind und ganz schnell einen Blick darauf geworfen haben, als habe uns seine unerwartete Anwesenheit überrascht – kurzum: Wir haben eine minutiöse visuelle Untersuchung des Bildes unter allen Aspekten vorgenommen. Bislang konnten wir lediglich ein Wirrwarr von Orten erkennen, die sich auf keine Weise irgendwie zu einer erkennbaren Figur verbinden ließen, noch nicht einmal die Umrisse eines Stadtrandes haben wir ziehen können.

20

Es folgt eine repräsentative Stichprobe der Meinungen und Beurteilungen aus der internationalen Weltpresse, die ParK und jener Typ des soziologischen Experiments, den ParK auf den Bereich der Unterhaltungsindustrie übertragen hat, hervorgerufen haben.

»Mit ParK haben wir das letzte und unwiderrufliche Stadium des Obszönen erreicht. Alles, was wir je mit Schrecken kommen sahen, hat dieser Ort noch dazu in der skandalösen Form eines Jahrmarkts verwirklicht.« Nasser T. Belhadj, *Dar Al Jalil*, Amman, Jordanien.

»Es bringt nichts, ParK zu kritisieren und sich über seine eigenwilligen Schöpfungen zu empören. Vielmehr sollten wir die Lektion begreifen, die er uns erteilt, und die Konsequenzen daraus ziehen.« Frank de Goors, *Die Burger*, Kapstadt, Südafrika.

»Nicht ParK selbst ist das eigentliche Problem, sondern all die anderen Freizeitanlagen, die im Vergleich recht fade erscheinen. Was aber sollen wir mit den zahllosen gewöhnlichen Vergnügungsparks mit ihren archaischen russischen Gebirgen, ihren kitschigen und verstaubten Kulissen, ihren altmodischen Buden in Zukunft noch anfangen? Wäre es nicht vorstellbar, sie in planetärem Maßstab in Sozialwohnungen, Obdachlosenheime und Auffanglager umzuwandeln?« Madé Y. K. Alturpnuk, *The Djakarta Post*, Indonesien.

»Mir ist durchaus nicht unbekannt, dass viele Menschen der Meinung sind, die Spektakel von ParK seien von keinerlei Verstand regiert und gehorchten den morbiden Kaprizen einer okkulten

Gruppe von *world leaders*. Ich hingegen halte weiterhin an meinem Glauben fest, dass sie in eine verborgene Weltordnung eingetragen sind, die von der festen Hand unseres Herrn und Gebieters gelenkt wird. Mir gefällt der Gedanke, dass hinter dem Chaos irrwitziger Ereignisse, das mit immer neuen und immer unstimmigeren Elementen zu nähren sich unsere Epoche zur Aufgabe gemacht hat, eine unfehlbare Vorsehung steht.« Msg. Benno H. Kirchner, *Osservatore Romano*, Vatikan, Italien.

»ParK ist keine Ballung von Attraktionen, sondern eine soziale Beziehung zwischen Menschen, die über Attraktionen vermittelt wird.« John Gilmore, *The Spectacular*, Las Cruces, New Mexico.

»Man kann ParK nicht des Exzesses beschuldigen. Auf grausame Weise steht er sogar diesseits der Realität. Was er uns vor Augen führt, bleibt leider noch immer in den gewohnten Grenzen des Akzeptablen.« Gianna Bertuccia Gallazzo, *Il Manifesto*, Italien.

»Als globales Phänomen ist ParK nicht einfach nur ein niederträchtiger und grotesker Ausschnitt aus der gegenwärtigen Welt, ein oberflächliches Vergnügen, ein gefälliger Zierrat. Vielmehr ist er wesentlicher Bestandteil des Produktionssystems. Mit seinen diversen Aspekten – Zerstreuung, Isolierung, Konfusion, Schutz, Erniedrigung – steht ParK für das Modell, das diese Epoche regiert, für das Leitschema der gegenwärtigen Hegemonie.« Emilio Guttierez, *La Republica*, San José, Costa Rica.

»In ParK ist das Vergnügen keine Ergänzung der Realität, es ist nicht nur eine angenehme Abwechslung, sondern dringt wie eine Injektionsnadel in ihr Herz vor, um ihr sein tragikomisches Fluidum einzuflößen. Eben hier zeichnet sich der baldige totale Sieg der Spaßinvasion ab, die momentan dem Markt und den Gesetzbüchern ihre Gesetze diktiert.« Bruno Boissel, *La République des Pyrénées*, Frankreich.

»Die extreme Frage, die ParK aufwirft, ist die: Wie kann man sich *nach* Auschwitz noch amüsieren? Seine Antwort: Man kann sich *gemäß* Auschwitz amüsieren.« Igor Ljunin, *Tomskaya Nedelya*, Tomsk, Russland.

»Wie jede Ausnahme strebt auch ParK danach, zur Regel zu werden. Wir können von ihm mehr lernen als von Le Corbusier. Die Stadt der Zukunft sieht aus wie ein Flüchtlingslager, entworfen von Jean Nouvel. Von heute an ist das amerikanische Verteidigungsministerium der wichtigste Kunde der Architekturbüros. Heutzutage leben sehr viel mehr Menschen fern ihrer Heimat in militarisierten Enklaven als in Gebäuden, die von Mies van der Rohe errichtet wurden.« Geoff Manaugh, *Archistorm*, Paris.

21

Während Kalt, der von der Verwaltung seiner Geschäftsangelegenheiten und der Realisierung neuer Projekte permanent in Anspruch genommen wird und einem Lebensrhythmus folgt, der einer permanenten Flucht nach vorn gleicht und für das Zeitalter neoliberaler Globalisierung typisch ist, sich nur selten in ParK aufhält, lebt Licht dort das ganze Jahr über. Die Sesshaftigkeit kommt ihm entgegen. Er verspürt keinerlei Bedürfnis nach Luftveränderung. ParK bietet ihm alles, was er braucht, und wenn das einmal nicht ganz der Fall sein sollte, verändert er ihn einfach gemäß seinen unerfüllten Erwartungen. Auf einer Offshore-Plattform, die sich im Süden der Insel in einer durch den Einsturz eines erloschenen Vulkans entstandenen Lagune befindet, hat er einen riesigen Elfenbeinturm (das ist wörtlich gemeint: aus echtem Elfenbein) errichten lassen, der mit einer Höhe von 335 Metern sein Werk überragt. In der obersten Etage dieses Gebäudes, das einem monumentalen Wasserschloss gleicht, hat er in einem rotierenden Glasrund, das sich innerhalb von zwölf Stunden einmal ganz um die eigene Achse dreht, seine Büros und Wohnungen eingerichtet. Wie der Säulenheilige Simeon verlässt Licht diesen hochgelegenen Ort fast nie, von dem aus er mit Adleraugen den ordnungsgemäßen Ablauf seines Unternehmens verfolgen kann. Hier empfängt er auch seine Mitarbeiter und Gäste, gibt Pressekonferenzen, organisiert Empfänge und verfasst seine »Einführung in die Neuro-Architektur«. Über den Architekten und sein klaustrophiles Leben kursieren die eigenartigsten Gerüchte: Seine Leidenschaft für junge Mädchen im heiratsfähigen Alter, seine Vorliebe für Astronautennahrung, seine eigenwillige Angewohnheit, sich in Tierhäute zu kleiden, seine Obsession für Barockmusik, die auf historischen Instrumenten vorgetragen wird. In Wahrheit weiß niemand, wie Licht wirklich lebt, weil er sich auf Abstand von der

Welt hält. Getratscht wird natürlich viel, aber das meiste ist nur heiße Luft. Lichts Leben ist genauso dunkel und geheimnisvoll wie seine architektonischen Entwürfe. Abgesehen von dem engen Zirkel der wenigen Personen, die in täglichem Kontakt mit ihm stehen (sein Assistent Hund, sein Koch, sein persönlicher Haushofmeister und seine Putzfrau) darf niemand sich ihm nähern, geschweige denn ihn berühren oder sprechen. Licht führt ein asketisches Leben, zumindest ein einsames und zurückgezogenes. Man weiß nichts über seine Vergangenheit, seine Laufbahn, seine Karriere. Das Presseheft erwähnt nur die Tatsache, dass Licht Ende der 60er Jahre in Moldawien in einem Dorf mit unaussprechlichem Namen geboren wurde und dass er dank eines südafrikanischen Ausbildungsprogramms per Fernstudium Architektur studierte. Bevor er Architekt wurde, drehte er einige eigenartige Videos ohne echten künstlerischen Anspruch. Auf der Website einer guatemaltekischen Galerie kann man eines von ihnen anschauen. In der kurzen Sequenz von 4 Minuten und 26 Sekunden sieht man Licht sorglos durch eine sonnendurchflutete, südafrikanische Stadt gehen (eigentlich kann man nur vermuten, dass es Licht ist, weil man lediglich seine Füße sieht und die Großaufnahmen so weit weg von dem Gehenden aufgenommen wurden, dass sein Gesicht wie in einem toten Winkel immer unkenntlich bleibt), wobei er magnetisches Schuhwerk trägt, das die überall herumliegenden Eisenteile anzieht. Am Ende seines Spaziergangs bedeckt eine Schicht alter Nägel, Metallsplitter und Kupferspäne seine Schuhe, wodurch sie einer Kompression von César verblüffend ähnlich sehen. Den ganzen Weg über pfeift Licht einen sentimentalen Schlager. Im Internet kann man sich auch in Gänze den Vortrag anschauen, den er anlässlich der Eröffnung von ParK gehalten hat. Es handelt sich um seinen einzigen öffentlichen Auftritt und somit um die einzigen Bilder, die es von ihm gibt. Auf ihnen erkennt man, dass er braunhaarig, groß, mager und bleich ist. Dass er eine vorspringende Stirn und feine Lippen hat. Dass seine Augen schwarz sind und sein Schädel kahlrasiert. Dass er am Daumen der rechten Hand einen Gothic-Ring in Form eines Totenkopfs trägt und ein Piercing über seiner linken Augenbraue. Man würde ihn auf ungefähr 35 schätzen. Mit Ausnahme seines trashigen Schmucks gibt es an seinem Gesicht wie an seiner Erscheinung nichts Besonderes. Licht ist ein Herr Jedermann. Nur wenn man ganz genau hinschaut, könnte man sagen, dass er dadurch auffällt, dass er nur sehr selten lächelt, und wenn doch einmal (insgesamt drei Mal, wenn wir richtig gezählt haben), dann mit einem zwiespältigen und steifen Ausdruck, als mache er sich über sich selbst lustig und verachte sein eigenes faziales Zugeständnis an das gesellschaftliche Leben. Auf dem Video von guter Qualität (das wahrscheinlich mit der HD-Kamera eines Handys gedreht wurde) kann man ihn also eine halbe Stunde lang von seinem größten Werk reden sehen und hören. In dem riesigen, in gotisch-orientalischem Stil gehaltenen Vortragssaal des Hotel H (der genauso weitläufig und beeindruckend ist wie der Kongresssaal der chinesischen kommunistischen Partei), mit seinen gigantischen Spitzbögen, polyloben Gurtbögen, persischen Säulen, Tonnengewölben und Erkern, wie man sie in Pisa findet, steht Licht steif und konzentriert hinter einem Glaspult. Zahlen, Ideen, theoretische Referenzen und philosophische Anspielungen reiht er auf eine Weise aneinander, die mehr mit Cyberpunk Futurismus zu tun hat als mit Stadtplanung und Architektur. Er trägt seinen Text, der ganz offensichtlich bis ins kleinste Detail durchdacht ist, in monotonem Tonfall, ohne Hervorhebung oder Rhythmus vor. Schnell verliert man die Lust, ihm zu folgen. Es ist nämlich so, dass er weder zwischen den Sätzen noch zwischen den einzelnen Worten, aus denen sie sich zusammensetzen, irgendeine Pause macht, so dass man den Eindruck hat, nur ein einziges endlos langes, unverständliches und von weit her kommendes Wort zu hören:

währenddasLeitprinzipfüreineGruppierungvondiversenAktivitä
tenaneinemeinzigenStandortinderoptimalenAusnutzungseines
wirtschaftlichenundästhetischenPotenzialsbestehtmitdemZielin
einemZeitraumvonfünfJahrendieVerstetigungderstrukturelle
nInvestitionenzugewährleisten…

dennschließlichistParKderPrototypeinerneuenpostglobalenS
tadtplanungderenFunktionnichtmehrdarinbestehtsozialeBezie
hungenzwischendenBewohnernzustiftensondernimGegenteildar
indiezivileDesozialisierungzufördernindemdurchdasAngebotkult
urellerDienstleistungenundSicherheitsdienstediedieBewohnerzu
gleichisolierenundvernetzenderWunschnachkontrollierterUnab
hängigkeitgewecktwird…

Wie um seine Worte physisch zu unterstreichen, betasten seine feinen Finger manchmal die Luft vor ihm wie einen wertvollen Stoff. Doch gleich darauf kehren sie brav an ihren Platz zurück und kleben sich wieder an das Pult. Am Ende seines langen Monologs hebt der Architekt den Kopf, trocknet sich die Stirn mit einem Taschentuch und grinst blöde, als würde er sich dafür schämen, sich vor Publikum einer anstößigen Aktivität gewidmet zu haben. Dann, nach diesem ersten Moment der Verlegenheit, schaut er seine schweigenden Zuhörer mit totaler Humorlosigkeit an, ungefähr so wie ein zum Tode Verurteilter vor einem Hinrichtungskommando, das es eilig hat. Seine Gesichtsmuskeln verziehen sich zu einer grotesken Grimasse. Um sein aufkommendes Unbehagen zu bekämpfen, lässt Licht seine rechte Hand in seine Jacketttasche gleiten. Etwas knackt, eine Nuss vielleicht oder ein Gelenk. Eine neue Grimasse begleitet dieses trockene Geräusch, das von der perfekten Akustik des Saals und der eisigen Stille, die darin herrscht, vielfach verstärkt wird. Die plötzliche Frage eines englischen Journalisten lässt ihn zusammenzucken, als sei ein Pfeil auf sein schwaches Nervenkostüm abgefeuert worden. In einem verborgenen Winkel seines Gedächtnisses sucht sein Blick nach etwas, was er verloren hat. Er zögert und murmelt dann eine schnelle Antwort, die nichts mit dem Thema zu tun hat. Das nervöse Zittern seines rechten Beins verrät sein Unbehagen, das er nicht länger unterdrücken kann. Die Diskussion mit dem Publikum beginnt, aber der Architekt gehört nicht zu der Sorte Mensch, die ihre Gesprächspartner ausreden lassen. Etwa ab der Hälfte schaltet er ab und schaut, als wolle er seine Verachtung zeigen, irgendwo anders hin. Nach wenigen Minuten eines völlig fruchtlosen Dialogs verlässt er das Pult und verschwindet in einer halbgeöffneten Tür.

22

Ein immer wiederkehrender Vorwurf in all dem, was über ParK gesagt wird, ist der des Chaotischen. Der Großteil der Kritiker bemängelt an ParK das völlige Fehlen von Ordnung und Harmonie und sieht in seinen gewagten Kombinationen lediglich das Symptom eines gestörten Geistes, einen kriminellen Mangel an Methode. Jede menschliche Sichtweise muss dieser schwerwiegenden Feststellung zwangsläufig zustimmen. Tatsächlich lässt sich während des Besuchs von ParK nicht die leiseste Spur einer vernünftigen Ordnung erkennen, die sich in der Abfolge wahnsinniger und brutaler Attraktionen abzeichnen würde. Im Gegenteil, uns überkommt ein Gefühl totaler Verwirrung. Nichts als zusammenhanglose Bruchstücke, verstreute Teile eines Puzzles. Alles besteht wahllos, ohne Verbindung und Organisation, nebeneinander. Es gibt jedoch Stimmen, die behaupten, dass man von der Spitze des Elfenbeinturms aus die minutiöse Symmetrie der Beziehungen, das präzise Schema der Örtlichkeiten, die rationale Struktur der Anlage, das Ganze erkennen könne. Tatsächlich ist es eher unwahrscheinlich, dass sich die Heerscharen von teuer bezahlten Experten, die für die Realisierung von ParK angeheuert wurden, einfach dem Wahnsinn überlassen haben, ohne ihrem Werk jenes Minimum an Rationalität mitzugeben, das ihren Ruhm begründet und ihre Gehaltsbezüge rechtfertigt. Als wir aber eines Tages ungefähr so argumentierten, wies uns ein kluger Kopf darauf hin, dass nicht nur der Schlaf der Vernunft Monster gebiert, sondern leider auch ihr Wachen.

23

An manchen Tagen ist der Himmel so klar, dass er den Blick niederdrückt. Aus Furcht, dass die blaue Sense auf einen niedergeht, wagt niemand die Augen zu heben. Nicht ein Wölkchen spendet seinen weißen Schatten, nicht ein Dunststreif verhüllt das reine Azur. Niemand weiß, wann genau die Erscheinung auftaucht, geschweige denn, warum. Alle aber freuen sich auf ihr Kommen. Man erwartet sie nicht gerade, aber irgendwo in einem Winkel seiner Seele hofft man doch auf ihren nächsten Auftritt. Trotz der Pein, die uns dieser Anblick kostet, strecken wir die Nase in die Höhe und erkennen mit Vergnügen die Erscheinung wieder, die einem mit Wasserstoff aufgeblasenen Dickhäuter ähnelt. In diesem Moment kümmert uns der Schmerz, den uns das unendliche Blau verursacht, herzlich wenig, denn das Glück des Wiedersehens macht alles wieder wett. Langsam, ohne Eile, als würde die Leere, die sich um ihn eröffnet, seinen Orientierungssinn stören, durchmisst das Starrluftschiff sein weites Terrain. Wie ein einsamer Fisch in einem Aquarium, das zu groß für ihn ist, und der nicht weiß, wohin mit sich, der vorstößt und wieder abdreht. Wie Börsenkurse laufen über seine bauchigen Flanken in Leuchtlettern seltsame Schriftbänder: »DIE NEUE FORMEL DER ARCHITEKTUR: NIEDER MIT DER ARCHITEKTUR«, »FLIEHT DIE STRASSEN«, »TECHNOLOGIE + PATHOLOGIE = PROFIT« etc. Niemand schenkt ihnen wirklich Beachtung. Nur uns beschäftigt das Auftreten dieser fliegenden Seekuh, die still ihre gasförmige Lagune durchquert. Kaum einer erinnert sich noch an vergangene Katastrophen, an Zeppeline, die in Flammen aufgehen und vor dem perplexen Auge der mechanischen Kameras in wenigen Minuten zu einem Häufchen grauer Asche zusammenfallen. Auch will man nicht, dass schlechte Gedanken ihm womöglich Unglück bringen. In aller Unschuld setzt das

Luftschiff, auf dem die theoretischen Delirien von Licht wie in den Himmel geschlagene Gebote eingetragen sind, unbeirrt seinen Weg fort. Die ParKianer widmen ihm einen zärtlichen Kult. Sie sehen in ihm eine Art Schutzgottheit, die sie aus der Höhe ihres unbefleckten Himmels, den nur einige Überschallflugzeuge in kurzen weißen Strichen durchziehen, beobachtet und über ihre Sicherheit wacht. Damit treffen sie den Nagel auf den Kopf.

24

Mit einem Diplom in »Internationalem Tourismus und Krisengeopolitik« in der Tasche, das er an der Universität Santo Tomas von Manila erlangt hat, kam Leer für ein Einstellungsgespräch in den ParK. Die Personalabteilung hat ihn sofort einem langen und beschwerlichen Eignungstest unterzogen: Übungen in logischem Denken, körperliche Untersuchungen, Motivationsgespräch, psychologische Konditionierung, Graphologie, Sternzeichen, Isolationszelle, phobische Mutproben, TOT-Test. Insgesamt dauerte das zehn endlose Tage, nach denen er zu seinem großen Erstaunen eingestellt war. Nachdem er eine Zeitlang an der Kasse, dann im Wartungsdienst gearbeitet hatte, ist er jetzt für die Besucherinformationen im Sektor 3 zuständig. Allerdings war er infolge eines seltsamen Erlebnisses schon wenige Tage nach seiner Einstellung nahe daran, seine Kündigung einzureichen, entschied sich dann aber doch dafür, zu bleiben. Diese Entscheidung bereut er keineswegs, sondern ist vielmehr jeden Tag aufs Neue glücklich darüber. Doch seinen »Abstieg in die Hölle«, wie er sein Erlebnis mit einem gezwungenen Lächeln nennt, behält er klar und deutlich in Erinnerung.

Bei einem Besuch mit seiner Ausbildungseinheit in Sektor 7 verirrte sich Leer. Er weiß selbst nicht mehr wie, aber durch irgendeinen Zufall verlor er seine Gruppe aus den Augen. Zwar versuchte er noch, sie einzuholen, indem er seinen Schritt beschleunigte und ziellos umherzurennen begann. Ohne Erfolg. Seine Rufe blieben ohne Antwort. Seine Gruppe war wie vom Erdboden verschluckt. Er war mutterseelenallein an einem unbekannten Ort, ohne irgendein Mittel, um den Weg wiederzufinden. Zugegebenermaßen erleichterte die Beschaffenheit des Ortes seine Suche nicht gerade. Er befand sich mitten in einer weiten Prärie aus hohem Gras, die von kahlen Hügeln umgrenzt war, auf denen hier und da und ohne erkennbare

Ordnung Gebäude standen. Schließlich entschied sich Leer, den Block anzusteuern, der ihm am nächsten schien: ein kleiner, heller Quader, der bei jedem Blick funkelnde Reflexe zurückwarf. Nach zwanzig Minuten Fußmarsch durch die dichte und feuchte Savanne, in der seine Kleider schnell von einem Tau durchtränkt waren, der einen seltsam beißenden Geruch verströmte, welcher an Jutefußabtreter auf staubigen Treppenabsätzen in modrigen Bauwerken erinnerte, erreichte er endlich die ersten Gebäude. Er traute seinen Augen kaum. Es waren moderne, fünfstöckige Häuserblöcke im purifizierten Bauhaus-Stil: weiß, nüchtern, geometrisch. Kein Zierrat störte ihre reinen Linien. Sie schienen unbewohnt und auch nicht zum Wohnen bestimmt. Sie machten sogar einen unfertigen Eindruck, so dass man sie für eine zukünftige Attraktion hätte halten können, die noch auf ihre Einweihung wartete. Leer fragte sich, ob er nicht träumte. Gehörten diese seltsamen Gebäude noch zu ParK? Nichts ließ darauf schließen. Er rief, schrie, warf Steine in die Öffnungen. Ohne nennenswerte Folgen, sieht man einmal von dem dumpfen Klang ab, mit dem die Steine in den leeren Räumen aufprallten. Er wusste nicht, was er tun sollte. Sein Denkvermögen war wie betäubt und gelähmt von diesem Ort.

Anfangs hatte ihm sein Schnitzer keine allzu großen Sorgen gemacht, er dachte noch, dass er nur eine leichte Abweichung vom normalen Lauf der Dinge bewirken würde, dass es einer jener Patzer war, wie man sie sich von Zeit zu Zeit erlauben kann, ohne gleich grundsätzlich den Weiterbestand der Weltordnung in Frage zu stellen. Diese vorübergehende Sorglosigkeit, dieses winzige Ungenügen sollte durch eine kleine Ermahnung bestraft werden. Aber nun, da sein Verschwinden weniger spaßig zu werden begann, spürte er etwas Dunkles und Unausweichliches nahen, wie die Vorboten eines tragischen Ereignisses, das ohne jede Vorwarnung eintritt, aber nicht weniger schreckliche Konsequenzen hat. Sein schlechtes

Bauchgefühl warnte ihn also davor, diese Pseudo-Stadt zu betreten. Andererseits war die Wildnis, aus der er kam, ihm auch nicht besonders geheuer. Leer wusste, dass dort wilde Tiere ihr Unwesen trieben, und dass keinerlei Maßnahmen ergriffen worden waren, um Angriffe auf das Personal zu verhindern, die im Gegenteil Teil des Plans waren. Trotz seiner Befürchtungen rang er sich also schließlich dazu durch, diesen einsamen Ort zu betreten, um dann so weit wie möglich geradeaus weiterzugehen, bis er auf jemanden oder etwas träfe, was ihm helfen könnte, seine Gruppe wiederzufinden und sich so aus dieser zugleich lächerlichen und misslichen Lage zu befreien.

Er machte sich auf den Weg. Die einfallenden Sonnenstrahlen malten Lichtbänder auf die frisch und unregelmäßig gepflasterten Straßen. Der an- und abschwellende Gesang unsichtbarer Vögel ließ die Stille, die ihn hier umgab, noch durchdringender werden. Ein starker Geruch nach tropischen Pflanzen erfüllte die Luft und kitzelte leicht seine Nasenflügel. Alles hier, Bilder, Lichter, Töne, Gerüche, war angenehm, sanft, lieblich. Doch Leer ließ sich von diesen unerwartet herrlichen ersten Eindrücken, die seine Befürchtungen vorerst beschwichtigten, nicht betören. Immer weiter drang er in das Gassenlabyrinth vor. Alle Gebäude ähnelten einander. Wo er auch hinschaute, alles sah gleich aus: Kreuzungen, Gebäude, Landschaften. Es gab keine Hinweisschilder, die irgendeine Richtung gewiesen hätten. Nichts stach irgendwie besonders hervor. Es war wahrhaftig das Labyrinth des ewig Gleichen.

Doch Leer ließ sich nicht entmutigen; er ging einfach immer weiter in dieselbe Richtung: Nordnordwest. Von Zeit zu Zeit schaute er nach dem Stand der Sonne, um zu überprüfen, ob die Richtung noch stimmte. Er hatte den Eindruck, voranzukommen. Die Hitze wurde immer drückender, schwerer. Mehrmals glaubte er eine Drohne am azurblauen Himmel auszumachen und ihren flüchtigen Schatten über die weißen Oberflächen gleiten zu sehen. Nachdem er etwa eine halbe Stunde lang durch diese ausgestorbene Stadt marschiert war, die ihn an eine Nekropole erinnerte, gelangte er schließlich zu einer weiten Esplanade aus graugrünem Beton, die von drei kleinen Wehrtürmen eingefasst wurde, die untereinander durch einen eisernen Steg verbunden waren. Vertrocknete Büsche, an denen tote Früchte hingen, ragten über die Balkone, die mit Metallketten befestigt waren und sich von der glatten Maueroberfläche wie ein Schattenspiel abhoben. Er beschloss, auf den mittleren Turm zuzugehen, der ein wenig größer war als die anderen.

Als er nahe genug herangekommen war, erkannte er, dass aus der klaffenden Öffnung, die von unleserlichen Inschriften umgeben war, eine steile Treppe in die Tiefe hinab führte. Auf ihrem Ansatz stand wie ein fragiler Altar ein kleiner, aus Palmblättern geflochtener Korb, in dem rautenförmig angeordnet bunte Reiskörner und Räucherstäbchen als Opfergaben lagen. Leer zögerte. Drehte sich um. Suchte mit den Augen die leere Esplanade ab, wie um einen letzten Hinweis zu erspähen, der ihn noch hätte umstimmen können, aber nichts wollte sich zeigen. So betrat er also widerstrebend den Turm und begann die Stufen hinabzusteigen. Anfangs ohne Eile, als hätte er alle Zeit der Welt, dann, plötzlich und ohne ersichtlichen Grund, vielleicht weil ihm die Monotonie allmählich auf die Nerven ging, stürzte er sie hinunter. Aber als ihm klar wurde, dass sie schier kein Ende nehmen wollten, nahm er sein ursprüngliches Tempo wieder auf, um sich nicht unnötig zu ermüden. Etwas zumindest wurde besser. Je tiefer er hinabstieg (denn er stieg hinab, davon war er überzeugt), desto größer und schneidender wurde die Kälte. Wie ein schon halb vergessener Schmerz wich die Hitze, die an der Oberfläche geherrscht hatte, mehr und mehr. Noch etwas erstaunte ihn: Noch immer fiel Tageslicht durch die kleinen spitzbögigen Fenster und zeichnete helle Vierecke auf die Stufen, als würde ihn der Himmel auf seiner Reise ins tiefste Innere der Welt begleiten. Der Abstieg war endlos. Mehr als tausend Stufen hatte er schon gezählt. Grob überschlagen hätte er sich schon mehr als hundert Meter tief unter der Erde befinden müssen. Als er schon langsam die Geduld zu verlieren und eine übernatürliche Falle zu argwöhnen begann, stand er plötzlich und ohne auf einen Ausgang gefasst gewesen zu sein in einem weiten Saal, einer Art Kongresspalast, der noch nie genutzt worden war. Wie in einem leeren Schwimmbad waren seine Wände vollständig gekachelt. Millionen identischer, blauer Quadrate. Unter dem riesigen Glasdach konnte man langsam Wolken vorbeiziehen sehen. In allen vier Ecken des Saals, in dem leicht mehrere tausend Menschen hätten Platz finden können, wanden sich Rampen aus geschmiedetem Stahl spiralförmig der Decke entgegen, durchbrachen das Dach und stiegen dann dem Himmel entgegen, wo sie sich durch einen seltsamen Überblendungseffekt im nebligen Dunst der höchsten Höhen verloren. Über einer der Wendeltreppen beleuchtete ein rotierendes Rotlicht den Raum. Es erinnerte an das rote Auge eines Cyborgs, der seine Umgebung mit der eisigen Undurchdringlichkeit einer gefühllosen Maschine überwacht. Als wolle er sich diesem inquisitorischen Scannerstrahl entziehen, wandte Leer spontan den Blick ab. Zu seiner Rechten erstreckte sich eine lange, offene Galerie, die in der Tiefe von Pfeilern rhythmisch durchbrochen wurde. Die Pfeiler waren mit Nischen versehen, in denen Statuen mythische Wesen, Atlanten und Gorgonen, darstellten. Langsam, aber sicher überkam ihn eine unbestimmte Angst. Doch noch genügten einige Schritte, um diese vorübergehende Aufwallung von Furcht wieder zu vertreiben. Allerdings konnte sich Leer immer noch kein Bild von der wirklichen Beschaffenheit dieses Ortes machen. Es schien ihm, dass sich das Gebäude allen physikalischen und architektonischen Gesetzen zum Trotz gemäß seiner eigenen Gefühle veränderte und auf seine geheimsten Ängste, auf seine Wünsche und auf seine Wut reagierte. Als ob diese bizarren Konstrukte nur eine Projektion seines fiebrigen und durch diesen Vorfall verstörten Gemüts seien. Ohne zu überlegen, betrat er die Galerie. Er gab sich alle Mühe, die teuflischen Figuren, die im abgehackten Rhythmus seines Gangs vorüberzogen, nicht anzuschauen. Seine ganze Aufmerksamkeit war auf den Ausgang am Ende der Galerie gerichtet. Aber die Versuchung eines Seitenblicks war zu groß. In den runden Öffnungen ergaben sich unaufhörlich neue Ansichten: Flughäfen, die zugleich Moscheen waren und in Flammen standen, titanische Stapel von Hafencontainern, überflutete Wolkenkratzer, tentakelhafte Autobahnkreuze, gigantische Ozeanriesen, die so groß waren wie ganze Städte, Checkpoints bei Nacht, vertikal nach oben strebende Favelas, himmlische Polder, Gefängnisse, die in blühende Gärten übergingen etc. Er wollte schreien, weinen, seiner Angst Luft machen, aber er brachte keinen Ton heraus. Als er schließlich den Ausgang erreichte, hielt er abrupt inne. Die Galerie öffnete sich auf einen gigantischen Balkon, der von Gestrüpp überwuchert war und über einen dichten, dunklen Urwald ragte. Vorsichtig näherte er sich der gebogenen Rampe, um die sich Gestrüpp mit seltsamen rosafarbenen und bemoosten Dornen rankte. Wie ein Herrscher sein Reich betrachtete er einige Sekunden lang das schmucklose Laub des Waldes, ließ sich von den schrillen Schreien der Beerenpicker und dem affenähnlichen Geschrei einlullen. Doch da riss ihn eine Einzelheit aus seiner exotischen Träumerei. Am Fuße eines riesigen Banyan-Baums, wie eingeknotet in seine vorspringenden Wurzeln, ragte ein morsches Stück Mauer aus dem Boden hervor. Leer zog die Augenbrauen hoch, als er den Weg entdeckte, der von da aus in den Dschungel führte. Er war nur schwer auszumachen und nicht besonders breit, aber dennoch eindeutig eine klare Linie, die nur Menschenwerk sein konnte.

Langsam begann er zu verzweifeln. Wie in einem Videospiel folgten die unterschiedlichsten Orte aufeinander. Es kam ihm so vor, als sei er das Opfer eines launischen Programmierers geworden, das lächerliche Spielzeug eines machiavellistischen Ausbildungsleiters. Reflexartig tastete er nach der Beule, die er von Geburt an auf der Stirn trug, um sich ihrer und dadurch seiner eigenen Existenz zu versichern. Auch wenn ihm der Balkon einen relativ sicheren Beobachtungsposten bot, blieb ihm doch keine andere Wahl, als ihn zu verlassen und sich in den schimmelfarbenen Dschungel zu stürzen, um dem Weg zu folgen, der ihn rief.

Nach wenigen Minuten Fußmarsch durch modrige Feuchtigkeit bemerkte er, dass ihn Ruinen umgaben. Hin und wieder versperrten kunstvoll bearbeitete Steinblöcke den Weg. Sie erinnerten an die steinzeitlichen Überbleibsel längst verlorener Kulturen. Wie uralte Zeugen ragten vereinzelt zerstörte Mauerreste auf. Je weiter er vordrang, desto gewaltiger wurden die Trümmer. Entlang der eingefallenen Brüstungen, aus denen Rohre hervorstanden, die von blasslila Flechten zerfressen waren, türmten sich Fassaden auf, die mit obszönen Zeichnungen und riesigen Piktogrammen bedeckt waren. Die Erderschütterungen, die sie vor unvordenklichen Zeiten einstürzen ließen, schienen sie noch heute zu beleben. Leer war sich nun sicher: Er befand sich im Inneren einer riesigen, verlassenen Stadt. Er mutmaßte, dass sie einst den Ureinwohnern der Insel gehört haben könnte. Einige Türme standen noch und zeugten von längst vergangener Pracht. Eine merkwürdige Atmosphäre lastete über diesen archaischen Zikkuraten. Wie das Dämmerlicht in gotischen Kathedralen, das über Stunden hinweg anhält, tauchte ein schräg von oben einfallender Lichtstrahl die imposanten Ruinen in eine gelatineartige Klarheit, in der er sich orgiastisch miteinander vermengte Lymph- und Blutkreisläufe ausmalte. Zum ersten Mal, seit er sich verirrt hatte, bekam es Leer wirklich mit der Angst zu tun. Nicht unbestimmte und gegenstandslose Furcht, sondern ein namenloser Schrecken, der jeden Muskel im Körper lähmte. In den überbordenden Verzierungen der Schmiedearbeiten, die die primitiven Bauten schmückten, erriet er das Schema einer perversen Verbindung aus roher Grausamkeit und Mythos. In ihrer Umgebung kristallisierten sich ganz neue Gefühlskonglomerate heraus: ein ekelerregender Genuss, wie man ihn angesichts eines widerwärtigen Desserts verspürt, das man trotz des unerbittlichen Ekels, den jeder einzelne der ranzigen Happen, die man mechanisch hinunterwürgt, hervorruft, dennoch bis zum letzten Bissen aufessen muss. Welche dem Wahn verfallene Phantasie konnte solche Hirngespinste erzeugen, neben denen Lichts architektonische Delirien fast brav und naiv erschienen? Leer hatte keine Antwort darauf. Seine Aufmerksamkeit wurde bereits von neuen eigenartigen Sinneseindrücken auf krankhafte Weise beansprucht. Der Wind, der durch die Ruinen pfiff, brüllte wie ein Ochse, dem die Kehle durchgeschnitten wurde. Seine schaurigen Klänge ließen an die imaginären Klänge verborgener Gräuel denken. Leer hielt vor einer dunklen Höhle inne, aus der eine musikalische Brise nach außen drang, deren Geräusche stark an menschliche Klagelaute erinnerten, etwa an das Wimmern eines Kindes, das allein in einer Ecke vor sich hin weint. Er hielt sich die Ohren zu und folgte weiter dem Weg, ohne zu wissen, wohin er wohl führen würde. Plötzlich wusste er, was ihn am meisten quälte: das Gefühl, dass dieser unheilvolle Ort von ParK vollständig losgelöst war. Wie konnte es sein, dass er nirgends auch nur das kleinste offizielle Gebäude, die geringste Attraktion erkennen konnte?

Er hatte das furchtbare Gefühl, in einer anderen Dimension der Welt herumzuirren, und zugleich schien ihm dieser Ort viel wirklicher als die Realität, wodurch er noch viel entsetzlicher wurde. Während er sich mühsam durch Felsengeröll und dorniges Dickicht kämpfte, irrte sein Geist durch unwirkliche Alptraumlandschaften.

Er wusste, dass er aus diesem verfluchten Ort um jeden Preis heraus finden musste, denn wenn er nicht bald auf einen Ausweg stieß, dann würde er wohl für immer hier gefangen blieben und irgendwann verhungern. Also begann er zu rennen, so schnell er nur konnte. Er stolperte, rutschte aus, stand wieder auf, zerkratzte sich Arme und Beine und schürfte sich das Gesicht an den Zweigen auf. Er lief stundenlang, bis er keine Luft mehr hatte. Fiebriger Schweiß juckte wie Gift auf seiner Haut. Seine Wangen brannten, das Blut schlug ihm in den Schläfen, als wollten sie zerspringen. Er wollte um Hilfe rufen, fand diese Idee dann aber angesichts der anormalen Umstände, in denen er sich befand, einigermaßen lächerlich und gab sie ohne Weiteres auf. Immer wieder bewegte sich der schwammige Boden, als erschüttere ihn ein Erdbeben, allerdings so langsam, dass man hätte meinen können, dass sich die Stöße über einen ganzen Tag erstreckten. Doch im Moment herrschte totale Stille. Nicht ein Windhauch, kein Vogelgesang. Dennoch erspähte Leer hier und da javanische Kapuzineraffen, die in den Baumwipfeln saßen, oder ein zweifarbiges Vogelpärchen, das kreischend zum Himmel aufflog. Langsam dämmerte ihm, dass diese surrealen Situationen nur so lange real waren, wie er sie sich vorstellte; dennoch konnte er den Fluch nicht brechen, dessen Komplize er durch seine eigene morbide Fähigkeit zur Selbststimulierung geworden war.

Da sah er sie. Neben einem halb eingestürzten Mäuerchen scharrten drei schmächtige und zerzauste Humanoide, die in Lumpen gehüllt waren, mit gekrümmten Nägeln in der Erde. Zum Glück bemerkten sie seine Anwesenheit nicht. Leer musterte sie einen Moment lang: ihre primitive Erscheinung, ihre starren Gesichter, ihre vom Skorbut verkrüppelten Glieder, ihre mythographischen Tätowierungen, ihre kannibalische Inbrunst. Er redete sich ein, dass so etwas in der realen Welt nicht vorkommt und dass er einer Halluzination erlag. Aber seine Augen trogen ihn nicht. Etwa zwanzig Meter von ihm entfernt kämpften einige Exemplare einer sehr alten Spezies ums Überleben, indem sie den Boden nach essbaren Wurzeln und großen weißen Würmern durchwühlten. Ihre Gesten, ihr Grinsen strahlten eine unbändige Animalität aus. Als er sich wieder gefangen hatte, mutmaßte Leer, dass es sich um Angehörige eines Stammes handeln müsse, die seit Urzeiten auf der Insel lebten und sich seither in unterirdischen Ruinen versteckten, um vor den modernen Menschen und ihren verrückten Projekten zu fliehen. Geräuschlos stieg er über einen umgestürzten Baum und verbarg sich hinter einem undurchdringlichen Raphia-Dickicht. Bei diesem Manöver verlor er einen Schuh, den er gar nicht erst wiederzuholen versuchte. Eine Zeitlang verharrte er dort, um diese unausdenkbaren Geschöpfe zu beobachten. Plötzlich drehte sich einer von ihnen um und schien den Dschungel in seiner Richtung mit den Augen abzusuchen. Sein dreckiges Maul verzerrte sich zu vielfältigen Grimassen, die allesamt Alarm ausdrücken sollten. Er reckte den Kopf in die Höhe, wie um besser Witterung aufzunehmen und den Geruch des Feindes auszumachen, dann beugte er sich mit einem bestialischen Knurren erneut über den Boden und setzte seine Suche im Erdreich fort. Leer wollte sich am liebsten in einem Loch verkriechen, um dem Anblick dieser degenerierten Kreaturen zu entgehen, aber eine tyrannische Neugier hinderte ihn daran. Da, als ihn das entsetzliche Gefühl, am Boden festgeklebt zu sein, zu überwältigen drohte, spürte er, wie ihn eine kräftige Hand an der Schulter rüttelte. Er wachte auf. Der Ausbildungsleiter schaute ihm direkt ins Gesicht. Er rieb sich die Augen, sprang mit einem Satz auf und rief: »Ich bin bereit.«

25

Manchmal geschieht es, dass ein eigenartiger Besucher auftaucht. Sein Verhalten stört den gewohnten Ablauf des Ganzen. Er passt nicht dazu und zerstört die sorgsam hergestellte Atmosphäre. Dieser hier zum Beispiel folgt seiner Gruppe schweigend und mit auf dem Rücken gefalteten Händen. Schnell kriegen alle mit, dass er in den Straßen hinterherbummelt, um seine Langeweile zur Schau zu stellen. An allen Spektakeln, die ParK zu bieten hat, verliert er so schnell das Interesse wie an sauren Bonbons. Daran nehmen die Aufseher Anstoß und stellen ihm Fragen. Mechanisch antwortet er, dass alles in Ordnung sei, dass ihm der Besuch gefalle, aber niemand fällt auf diese ironischen Erwiderungen herein. Sie sind beunruhigt, werden ganz nervös, laufen dahin und dorthin, reihen panisch Highlight an Highlight. Ohne Ergebnis. Sie wenden sich an den Direktor der Unterhaltungsabteilung, um seinen Rat einzuholen, sie wagen es sogar, Licht zu stören und ihm verlegen und vorsichtig das Problem darzulegen. Auf seinen Befehl hin brüten sie ein maßgeschneidertes, mitreißendes Programm aus. Aber wieder ist nichts zu machen. Der Mann kann sich einfach nicht amüsieren. Er bringt weder Freude noch Wut zum Ausdruck. Er sträubt sich zwar nicht gegen den frenetischen Parcours, den man ihm vorbehalten hat, fügt sich ohne Widerworte und lässt sich wie ein Greis, der in seiner Senilität dahindämmernd dem viel zu rüstigen Schritt seiner Krankenschwester zu folgen versucht, zu den dämonischsten Attraktionen führen, aber keine ruft in ihm irgendeine nennenswerte Reaktion hervor. Er wirkt weder müde noch alt. Auch wirkt sein Gesicht nicht, als sei es vom schwarzen Trauerflor der Melancholie verhüllt. Man könnte ihn an den Rand eines Abgrunds führen und er würde keine Miene verziehen, sondern völlig ungerührt in die gähnende Leere blicken. Nichts berührt ihn, alles ist ihm egal; ob dieses oder jenes, ist völlig unwichtig; alles ist gleich und somit nichtig. Doch als schon alle Hoffnung verloren scheint, bricht der seltsame Besucher urplötzlich in heiße Krokodilstränen aus. Hinter einem Gebäude, halb verdeckt von einem Pfeiler, hat er ein altes Karussell entdeckt, das mit den typischen albernen Landschaften und pastellfarbenen Lavuren verziert ist, auf dem es Holzpferde und ein lackiertes Kassenhäuschen gibt und von dem überdrehte Jahrmarktsmelodien erklingen. Eine unbezwingbare Welle von Sentimentalität hat ihn sofort überwältigt. Wie erloschene Sterne funkeln in fahlem Licht schale Erinnerungen an die Vergangenheit.

26

Leicht übersieht man die weißen Kittel, die ohne Unterlass an der Erfindung neuer Wunder arbeiten: Sie leben abgeschieden in den unteren Etagen des Elfenbeinturms, zu denen das Publikum keinen Zutritt hat. Ihr fahler Teint, der an die Rückwand eines leeren Kühlschranks erinnert, verträgt die heiße Sonne nur schwer. Selbst in der Regenzeit ist ihnen die Hitze unangenehm. Mit der amorphen Melancholie der Exilierten schauen sie von klimatisierten Veranden aus, in denen Bachs perfekte Harmonien widerhallen, den pladdernden Regenfällen der tropischen Unwetter zu. Wie ihr Meister sind sie äußerst menschenscheu und gehen nur ungern hinaus, die meiste Zeit über bleiben sie unter sich und pflegen auf diese Weise die Legenden um ihre ausgefallenen Vorlieben. Im Übrigen haben sie im Turm alles, was sie brauchen. Eigentlich haben sie keinen Grund, ihn zu verlassen, außer wenn Licht sie ausdrücklich dazu auffordert. Dann gehorchen sie ohne Widerworte. Gern spüren sie auf ihren Schultern das Joch genialer Bevormundung, die charismatische Diktatur eines außerordentlichen Wesens. Aber nur selten haben sie Gelegenheit für eine Begegnung mit ihrem strengen und verehrten Meister. Sie leben unter sich und warten fiebrig auf den Moment einer Vorladung. Wenn sich ihre Wege kreuzen, dann grüßen sie sich, indem sie sich tief in die Augen schauen und sich gegenseitig das linke Ohr kraulen. Sie haben eine ganze Reihe von Zeichen und hermetischen Gesten entwickelt. Ihre Gespräche sind mit Worten gespickt, die nur sie allein kennen. Sie bilden eine eng zusammengeschweißte und gelehrte Sekte. Zu jedem Zeitpunkt genießen sie die esoterische Überlegenheit der Eingeweihten. Sie sind allesamt Experten in ihrem Bereich, überqualifiziert, cinephil, vor Erfahrungen und Komplexen strotzend. In dieser heterogenen Masse finden sich Stadtplaner, Ingenieure, Botaniker, Neurobiologen, Zauberer, DJs, Spezialisten für Special Effects, Ethnologen, Tierärzte, Werbeleute, Herpetologen, Militärberater, Grafiker, Informatiker, Juristen, Tierpräparatoren, Futurologen, Dompteure, Archivare, Masseure, Meteorologen, Webmaster, Psychiater. Über eine pyramidale Befehlskette unterstehen sie alle dem Regiment des Architekten, dem sie ohne mit der Wimper zu zucken gehorchen und grenzenlose Bewunderung entgegenbringen. Es heißt, dass sie sich manchmal auf seinen Befehl hin nach draußen wagen, um inkognito in ParK umherzustreunen. Auf diesen kurzen, aber äußerst förderlichen Exkursionen beobachten sie unruhig, wie die Besucher auf die verstörenden Wunderwerke, die sie erdacht haben, reagieren, sie notieren instruktive Einzelheiten, verifizieren diverse Hypothesen, ersinnen etliche Verbesserungen.

Die anderen (freiwilligen oder unfreiwilligen) Bewohner von ParK, von denen sie als Instruktoren bezeichnet werden, schätzen sie nicht besonders. Grob gesagt werfen sie ihnen ihre selbstgenügsame Himalaya-Attitüde vor, ihr sektiererisches Verhalten, ihr unpersönliches Auftreten. Es stimmt, dass sich die Instruktoren nicht gern unter die anderen mischen. Sie wollen auf Distanz bleiben, einen gewissen Abstand zwischen sich und dem Rest der Welt wahren. Sie schreiben diese Haltung, die von außen wie Arroganz, ja Verachtung wirkt, dem notwendig einzuhaltenden Abstand zu ihrem Forschungsobjekt zu. Aus ihrer Sicht muss wissenschaftliche Objektivität das martialische Erscheinungsbild striktester Gleichgültigkeit annehmen. Immerhin steht hier ParKs Ruf, sein Bemühen um Exzellenz und Strenge auf dem Spiel. Außerdem liegt ihnen nicht allzu viel daran, das Los der Normal-ParKianer zu teilen. Der beste Moment des Tages ist für sie, wenn sie mit kleinen, präzisen Schritten, die angenehm auf dem Parkett quietschen, ihren Arbeitssaal betreten. Dann gehen sie ganz und gar in ihrem Beruf auf, folgen dem Ruf der hohen Anforderungen, die es zu schultern gilt, unterwerfen sich total der Strenge und Disziplin und lassen sich nur gelegentlich von kurzen kompensatorischen Sitzungen unterbrechen, die zum Abreagieren bestimmt sind. Schließlich sind sie ja keine Engel, auch wenn sie mit ihrer Lebensweise diesen rein geistigen Wesen schon recht nahe kommen. Am liebsten verbringen sie ihre Zeit also an ihrem Arbeitsplatz, vor Reagenzgläsern und Computerbildschirmen, in den riesigen weißen und unbefleckten Sälen des Elfenbeinturms. Sie schätzen die Ruhe dort, die gute Arbeitsatmosphäre, das liebkosende Surren der Klimaanlage. Wenn es nach ihnen ginge, würden sie ParK nie wieder verlassen. Sie könnten sich gut vorstellen, ihr ganzes Leben in dieser geschlossenen, perfekten, selbstgenügsamen Welt zu verbringen und es unter eben jenen Halogenlampen, die ihnen jetzt ihr gesundes, glattes und regelmäßiges Aussehen verleihen, zu beschließen.

27

Wir, die wir das Glück – und die Ehre – hatten, ParK gleich zweimal besuchen zu dürfen, sind es uns nun schuldig, auf das schmerzliche Gerücht einzugehen, das bezüglich der Duschen in Umlauf ist. Wir sprechen hier von Duschen, obwohl diejenigen, die diese Gerüchte verbreiten, gar nicht genau sagen können, ob es sich eigentlich wirklich um Duschen handelt. Vielleicht meinen sie öffentliche Bäder? Eine Sauna oder einen Hamam? Fest steht nur, dass die ParKianer uns gegenüber mehrmals durch die Blume und wenn die Wachen außer Hörweite waren auf diesen übel beleumdeten Ort angespielt haben. Laut dem, was wir ihren wirren und bruchstückhaften Andeutungen entnehmen konnten, soll es in ParK einen verbotenen Raum geben, der von außen wie ein rundum abgeriegeltes Lager aussieht und von Truppen bewacht wird, die bis an die Zähne bewaffnet sind. Angeblich sollen dort schreckliche Dinge vor sich gehen, die mit Vergnügen nichts mehr zu tun haben, noch nicht einmal mit einem krankhaften, sondern schlichtweg Hinrichtungen sind. Einige sprechen genauer von einem grauen, unauffälligen, fünfeckigen Flachdachgebäude, in dem Häftlinge, die nach unbekannten Kriterien ausgewählt werden, angeblich spurlos verschwinden. Anderen Gerüchten zufolge, die jedoch genauso konfus und schwer zu überprüfen sind, würden nachts Leichen mit einem Bagger zu einem unbekannten Grab gekarrt. Hinter vorgehaltener Hand wird hier und da gemunkelt, dass die Hinrichtungen alle 15 Tage zum sadistischen Vergnügen einiger ausgesuchter Zuschauer stattfänden, welche nach Zahlung einer bedeutenden, sich auf mehrere Millionen beziffernden Summe der Tötungsszene hinter einem Spionspiegel beiwohnen würden. Aus einem in der Wand eingelassenen Duschkopf ströme Gas in die Zelle und bringe den Tod. In wenigen Sekunden würden die Opfer in herzzerreißenden Krämpfen verenden, ohne auch nur versucht zu haben, durch Eintreten der Eingangstür, von deren doppelter Verspiegelung sie nichts ahnen können, zu flüchten. Selbstverständlich hat die Leitung von ParK, als sie von diesen entsetzlichen Gerüchten Wind bekam, sie sofort in aller Form dementiert und der zügellosen Sensationslust unseres Zeitalters zugeschrieben, das immer auf Makabres und Aufsehenerregendes aus ist. Zugleich betonte sie, dass die Attraktionen von ParK in dieser Hinsicht eigentlich keine Wünsche mehr offen lassen dürften. Doch trotz des offiziellen Dementis ziehen diese niederträchtigen Gerüchte immer weitere Kreise. Es wird sogar über objektive Beweise getuschelt, die ein Angestellter von ParK, der mit dem Bau der Duschen zu tun hatte, angeblich gesammelt hat. Bislang aber gab es noch keine öffentlichen Enthüllungen. Wenn wir als Geschichtsschreiber des Aktuellen unsere bescheidene Meinung dazu äußern dürfen, dann müssen wir mit einer gewissen Betroffenheit gestehen, dass wir solchem Gerede keinerlei Glauben schenken. Die Geschichte ist voller Alpträume und es ist nicht nötig, an die der Vergangenheit zu erinnern, um diejenigen der Gegenwart zu verstehen. Wir wissen alle, was im Dritten Reich geschehen ist und es ist völlig unnötig, auf diese bewiesenen Fakten zurückzukommen, es sei denn, um vor ihrer möglichen Wiederkehr zu warnen. Auch ohne dass man es zum Erben düsterer Vorgänger erklärt, verfügt das gegenwärtige System, in dem sich unser Leben abspielt, über seine ganz eigene Weise, Elend und Leid auszubeuten. Auch wenn wir, nebenbei gesagt, keineswegs alle seine Methoden gutheißen, so ist doch nichts damit gewonnen, ParK mit früheren Terrorregimes zu vergleichen. Jede Epoche erfindet ihre eigenen infamen Zerstörungswerkzeuge. Der Verweis auf die Vergangenheit verwirrt mehr, als dass er erhellt, weil er gegenüber den neuen Formen zeitgenössischer Gewalt blind macht. Hören wir also endlich auf, überall nur den wiederauflebenden Grabeshauch einstiger übler Verhältnisse zu wittern und strecken wir unsere Nasenflügel lieber dem Pesthauch unserer eigenen Epoche entgegen. Zweifellos wird er unsere feinen und empfindlichen Sinne nicht unbefriedigt lassen.

28

Es ist schwer zu sagen, wie viele Attraktionen es eigentlich genau in ParK gibt. Nicht nur erschwert seine enorme Ausdehnung – die der einer Megalopolis entspricht – jede genaue Zählung der Gebäude, die sich dort befinden, sondern zudem ändert sich die genaue Anzahl der Elemente durch die unaufhörliche Bauaktivität beinahe täglich. Es gibt Attraktionen, die von heute auf morgen schließen und sofort abgerissen und durch neue ersetzt werden – und das nicht etwa, weil sie dem Publikum nicht gefallen würden, das ihnen fernbliebe (wir erinnern daran, dass der Großteil der Besucher Schauspieler sind, die eigens dafür angeheuert wurden, eine jubelnde Menge darzustellen und so den Eindruck großer Popularität zu wecken), sondern einfach nur deswegen, weil sie Licht keinen Spaß mehr machen, der ihr alleiniger Gestalter und Bauleiter ist. ParK ist in ständiger Weiterentwicklung, Veränderung, Erneuerung. Er ist eine Art nomadisierende und plastische Stadt, die sich gemäß der Beweglichkeit ihrer Einwohner ständig umgestaltet. Die Umgebung hängt so in jedem Augenblick von ihren verschiedenen Wegbahnen ab. Auf einer Internetseite, die paranoider Architektur gewidmet ist, haben Besucher *Stigmalia* beschrieben, eine Art riesiges Zeltlager, das heute nicht mehr existiert, inmitten einer industriellen Rinderzuchtanlage lag und von Obdachlosen bewohnt wurde. Auf dieser Seite kann man Fotografien sehen, die heimlich aufgenommen wurden und diesen eigenartigen Ort dokumentieren, an dem arme Schlucker zwischen Futterkrippen, elektrischen Melkmaschinen und riesige Alleen von weißen Lampen mit Kühen zusammenleben, die mit Steroiden gedopt wurden. Gleiches gilt für Spielhallen, die nach einer Lebensdauer von wenigen Monaten in der Versenkung verschwanden, ohne dass ihre Existenz auch nur die kleinste Spur in der Welt oder im Gedächtnis hinterlassen hätte. ParK ist eine ewige Baustelle, eine Stadt, die pausenlos im Wandel begriffen ist, ein fraktaler Raum, eine flüchtige Geografie, die sich permanent zerstört, nur um sich gleich wieder neu zu errichten. Ein Autor hat in diesem Sinne das Bild eines gigantischen Turmbaus von Babel verwendet, der, je mehr er voranschreitet, die unteren Etagen wieder einreißen lässt, bevor die oberen errichtet werden, wodurch alles permanent in der Schwebe bleibt und dennoch unbeirrbar in unerreichbare Höhen aufstrebt. Auch wenn dieses Bild auf Anhieb nicht leicht zu verstehen ist, scheint es uns gleichwohl nicht falsch zu sein.

29

Nach erbitterten Verhandlungen konnten wir der Leitung von ParK schließlich ein paar handfeste Daten abringen. Auch wenn wir nicht zu denen gehören, die meinen, dass Realität nur dann einen Sinn erhält, wenn man sie unter quantitativen Gesichtspunkten betrachtet, glauben wir doch, dass Zahlen, sofern sie nicht gefälscht sind, gute Hinweise auf die Wahrheit sind. Außerdem haben wir Sinn für die numerische Poesie. Hinter den nackten Zahlen spüren wir die geheimen Arkana der Wirklichkeit, den phantasmagorischen Hintergrund dessen, was sich niemals in runden, exakten Zahlen auflösen lassen wird.

Die Kosten für die Erbauung von ParK werden insgesamt auf 4 Milliarden Dollar geschätzt. Geht man davon aus, dass jeder der hundert echten Besucher ungefähr 25.000 Dollar für seinen Aufenthalt ausgibt (die sich wie folgt zusammensetzen: 15.000 für das Eintrittsticket, 5.000 für die Hotelunterbringung und die Restaurantkosten, der Rest für diverse Ausgaben), dann belaufen sich die jährlichen Einnahmen auf 900 Millionen Dollar. Somit kann man leicht ausrechnen, dass, wenn sich die Dinge weiter wie bisher entwickeln, die kolossalen Investitionen, die für die Errichtung von ParK bewilligt wurden, nach dem fünften Nutzungsjahr vollständig amortisiert sein werden, was in der Unterhaltungsindustrie wirklich bemerkenswert ist, die trotz eines ökonomischen Leitmodells, das sich an den großen auf Massenkonsum spezialisierten Gesellschaften orientiert, große Schwierigkeiten hat, die notwendigen Schwellenwerte zu überschreiten, das heißt jene 30 %, die für Investitionen auf der Basis von Eigenkapital und einer für Aktionäre attraktiven Ausschüttung die Regel sind. Dabei lag der ursprünglichen Betriebsrechnung noch die Annahme zugrunde, dass die Anlage erst ab dem zwölften Nutzungsjahr profitabel sein würde. Doch jetzt schon liegt der Nettogewinn, der pro Jahr erzielt wird, bei 250 Millionen Dollar. Was bedeutet, dass dieses Unternehmen aufgrund des zu erwartenden spektakulären Gleichgewichts von verschiedenen Ausgaben (die Gehälter der 175.000 Angestellten, die Instandhaltung der Gebäude, die täglichen Betriebskosten, die Wartung des Tierparks, etc.) und Gewinnen (im Wesentlichen die Einnahmen, die durch die Touristen erzielt werden, wobei die Nebeneinkünfte, die die Werbung abwirft, angesichts der Tatsache, dass solche Parks bislang eher noch ein Geheimtipp sind, bislang noch bescheiden ausfielen), einen außergewöhnlichen wirtschaftlichen Erfolg verspricht. Übrigens haben schon etliche Investoren, insbesondere chinesische und arabische, Kalt kontaktiert, um in seine Kapitalgesellschaft einzutreten. Man kann sich natürlich die Frage stellen, ob es nicht sinnvoll wäre, das Besucherpanel von 100 auf 200 oder sogar 500 zu erhöhen, um die Anlage noch schneller rentabel zu machen. Allerdings weigert sich die Leitung von ParK strikt, die Besucherrate zu erhöhen. Sie ist völlig zu Recht der Ansicht, dass die gebotenen Attraktionen die meisten Besucher abschrecken würden, und hält daran fest, dass nur vorgewarnte Kunden ihren Besuch wirklich genießen können. Damit wendet sie sich entschieden von der Massenunterhaltung ab, die wegen ihrer extrem weitgefassten Zielgruppe immer darauf bedacht sein muss, niemanden zu brüskieren. Darum versucht ParK auch gar nicht erst, mit so vulgären Touristenfallen wie Las Vegas, Macao oder Dubai in Konkurrenz zu treten, deren Angebot gerade dadurch fade wird, dass sie permanent ihren Einzugsbereich erweitern. Jenseits dieser volkstümlichen Rummelplätze versteht sich ParK als Eliteprodukt, das als schwer zugängliches Avantgarde-Werk nur von handverlesenen Kennern geschätzt werden kann. Hier entsteht eine neue Art von Park, die spezialisierter, komplexer, selektiver ist. Laut Licht sind die Zeiten für monumentale Wiederholungen der immer gleichen Rezepte lange vorbei, in denen man zum x-ten Mal das Taj Mahal, die ägyptischen Pyramiden und die unvermeidlichen russischen Gebirge nachbauen und mit Wasserfontänen und Feuerwerke krönen konnte. Heute ist ein bestimmtes Publikum dieser Allerweltsformeln der industriellen Überproduktion leid. Diesem Mainstream, auch in der in Dubai gängigen Worldclass-Version (denn, wie Licht mit einer sarkastischen Spitze schreibt, »eine Tasche von Vuitton bleibt doch immer eine Tasche, egal wer sie trägt«), setzt ParK sein skrupelloses Experiment mit den Unterhaltungsformen der Zukunft entgegen, die heute noch nicht allgemeinen Anklang gefunden haben, den er übrigens auch gar nicht sucht: solche Unterhaltungsformen, die durch plötzliche Freisetzung von über Jahrmillionen angestauten Energien die Verwaltung von Migrationsströmen mit der Unterhaltungsindustrie, soziale Enklavenbildung mit spielerisch-spektakulären Regierungsformen verbinden. Wir zitieren hier Lichts kriegerische Prosa, laut der ParK der »Repräsentant einer Frontlinie der okzidentalen Macht ist, die da verläuft, wo die erdbewegenden Kräfte von Technik und Markt aufeinanderstoßen, da, wo Elitetruppen, die darauf drängen, ihre Weltanschauung durchzusetzen, zum Sturmangriff ansetzen, jene Schusslinie, an der nur diejenigen teilhaben, die die Gefahr eines gewaltsamen Todes auf sich nehmen und die eben darum die Lebendigsten unter den Lebenden sind, diejenigen, denen das Leben heiß in den Adern pocht...« – »Es ist an uns zu beweisen, dass diese Front nicht nur der unbewegliche Ort ist, an dem sich die Energien in einem ohrenbetäubenden Chaos verzehren und vernichten, sondern gewissermaßen auch die gewaltige Woge, die die Menschheit zu neuen und unvermuteten Horizonten trägt«.

Natürlich schließt die Leitung auf lange Sicht nicht aus, dass mittels Werbung und Erziehung, der langsamen Heranbildung der Gemüter und der begeisterten Kommentare der Besucher, die in ihre Heimatländer zurückkehren, sich auch das große Publikum nach und nach an diese Art von Unterhaltung gewöhnen und seinerseits die süßen Qualen von ParK genießen kann. Im Moment jedenfalls ist eine Öffnung für alle durch den irrwitzig hohen Eintrittspreis, der als Zensus dient, nicht angedacht. Auch würde sie verschiedene ethische und technische Probleme aufwerfen. Außerdem, und das ist ein gewichtiges Argument, ist ParK in dieser Form ja schon sehr rentabel, ohne dass es notwendig oder angebracht wäre, die Basisparameter zu ändern, die doch gerade seinen Erfolg ausmachen. Licht weiß ganz genau, dass der Ruf eines Vergnügungsparks in dem Maße sinkt, wie seine Besucherzahl steigt. Je überlaufener er ist, desto weniger wird er geschätzt. Jenseits einer gewissen Besucherzahl ist jede Form des Vergnügens enttäuschend. Gemäß der Einschätzung eines Analysten und Spezialisten für Unterhaltungsindustrie der *Financial Times* ist Licht auf dem besten Wege, die Wette, die anfangs gewagt erschien, zu gewinnen: »Man erkennt bereits die ersten greifbaren Anzeichen eines bestimmten Überdrusses des westlichen Konsumenten gegenüber einem Unterhaltungsangebot, das aus Mangel an neuen Ideen seine eigenen Produkte karikiert, indem es sie auf lächerliche Weise ins gigantisch Große verzerrt. Dieser *fun*, der an Elephantiasis leidet, hat nichts Aufregendes mehr zu bieten, sondern nur noch Parodie und Größenwahn, die lediglich seinen grausamen Mangel an Einfallsreichtum für alle sichtbar nach außen tragen; er ist noch nicht einmal ein zweiter Aufguss von Coney Island. Technologische Orgien können nur begrenzt zum Wandel beitragen; in den meisten Fällen kaschieren sie nur den totalen Verlust von Innovation und Sorglosigkeit, die immer schon die Welt der Spiele und des Freizeitvergnügens gekennzeichnet haben.« Licht hat begriffen, dass das Vergnügen, das ein Freizeitpark bereitet, unabhängig von seinem Leitthema immer von dem erregenden Gefühl herrührt, durch eine schmale Bresche in eine verbotene Welt eingedrungen zu sein. Für dieses

Gefühl des willkürlichen Einbruchs in ein unbekanntes Reich, das mit der Wirklichkeit nichts gemein hat, wollte er die Bedingungen schaffen. Licht sucht die Hybris, aber nicht in Überdimensionierung und Extravaganz, die letztlich immer nur das Banale aufblähen, sondern im gewaltsamen und unnatürlichen Zusammenprall von Stimmungen. So gilt sein ganzer Stolz diesem schlichten Detail: In dem riesigen Schwimmbecken des Hotel H treiben mit Silikon aufgepumpte Badenixen zwischen Nilkrokodilen. Perversität ist der Katalysator für echte Schauer, die gewöhnliche Jahrmarktsattraktionen niemals hervorrufen würden, und zwar ganz unabhängig davon, welche technologischen und finanziellen Mittel man in sie hineinsteckt. Bloß Spaß zu haben genügt heutzutage nicht mehr, man muss in Ekstase verfallen, sich verlieren, sich ausdehnen, sich zerstückeln. Die kommerzielle Unterhaltung ebnet die faszinierenden Höhenflüge jeder Trancerfahrung ein. So kehrt ParK ganz bewusst auch dem Zeitalter der Massen den Rücken, er spekuliert sogar auf ihren Niedergang, aus dem neue soziale Gruppen hervorgehen werden, die zwar kleiner sind, aber auch anspruchsvoller und enger vernetzt. Für diese bislang noch unzureichend definierten Cliquen hat der große Gestalter bizarre Orte und neue Weisen des Vergnügens erfunden, die besser als jede Rede zeigen, dass in einer von Interesse und Kalkül beherrschten Welt die Abweichung die letzte Möglichkeit ist, der Routine, die allmählich auf alle Lebensbereiche übergreift, Widerstand zu leisten. Licht ist überzeugt davon, dass der *fun* das neue Reich der Zukunft bilden wird, über dem die Sonne niemals untergeht. Er pflegt zu sagen, dass »sich zu amüsieren« bedeute »zu empfinden, sich zu bewegen, zu schmecken, sich Dinge auszumalen, zu atmen, kurzum: zu leben«. Das gibt aber noch lange nicht das Recht, die Qualität des Unterhaltungsangebots zu verderben und einer vulgären Leichtigkeit zu frönen. Wann immer er sie anbringen kann, ohne dass es völlig ab vom Thema ist, zitiert Licht die berühmten Worte von Philipp K. Norris, dem amerikanischen Politologen und großen Bewunderer von ParK: »Die besten Suppen werden immer in den ekligsten Töpfen gekocht.« Laut diesem Schmeichler ist dies auch der Grund dafür, dass die Insellage für ParK absolut notwendig ist. Durch sie verdankt er seine eigenen, mitunter amoralischen Überspanntheiten nur sich selbst. Indem er die äußere Welt ausklammert, schafft ParK seine eigene Realität. Diese Isolierung fördert die endemische Produktion von immer neuen Attraktionen und Spielen, von Spektakeln und Freizeitunterhaltungen, die in der Welt kein Gegenstück haben und sich über alle klassischen Gesetze der Unterhaltung hinwegsetzen. Licht nennt das das »Galapagos-Prinzip«: die durch das Fehlen einer Verbindung mit der Außenwelt geschärfte Kreativität. Ihm zufolge beruht die Besonderheit jener post-gregären Unterhaltung, die ParK verkörpert, auf der evolutionären Auslese technischer Arten. Der globalisierte Tourismus, Synonym für den entspannten Konsum von Sonne, Landschaften und gefriergetrocknetem Kulturerbe, für coole Begegnungen ohne Zukunft, für ein Außen, das nicht fremd ist und in dem keine Missverständnisse drohen, hat bei einigen von uns erst eine heftige Reaktion von Langeweile und Ekel, dann eine frenetische Jagd nach gefährlicheren und aufregenderen Erfahrungen ausgelöst. Die Low-Cost-Vermassung hat zu einer faden Gleichmacherei geführt. Jenseits dieses Tourismus *light* bietet ParK die Wiederentdeckung des abenteuerlichen Reisens, das keine Vorsichtsmaßnahmen kennt, dafür aber Überfalle durch alkoholisierte Hooligans in fremden Städten und Entladungen von Gewalt. »In einem vorhersehbaren und rationalen Universum«, tönt Licht, »ist der Wahnsinn der einzige Weg zur Erlösung.«

30

Zerpflückt man die offiziellen Erklärungen der Leitung von ParK Wort für Wort, dann verblüfft einen der Nachdruck, mit dem dort vom E-Faktor die Rede ist. Aus der näheren Lektüre geht hervor, dass er als Leitprinzip der materiellen und psychischen Organisation von Park gilt, als die magische Formel, die den Attraktionen, Gärten und Darstellern (Tiere inbegriffen) ihren mehrdeutigen Zauber verleiht. Ihm sei es zu verdanken, dass die ausgestellten Gräuel zu Spektakeln werden. Kurz, er spielt die Hauptrolle in den eigenwilligen Arrangements, die den Ruf von ParK ausmachen. Damit ist gesagt, dass der E-Faktor die weiche Aufnahmefähigkeit des *fun* mit der kindischen Faszination für die imaginäre Teilhabe verbindet. Er konditioniert die Sinnesorgane und das Nervensystem insgesamt, um es entspannt und aufnahmefähig gegenüber sorgfältig ausgewählten Bildern, codierten Mitteilungen und adäquaten Denksystemen zu machen. Durch seine Fähigkeit, die Wirklichkeit zu verfremden und in irrealen Strahlenglanz zu hüllen, trägt er zudem zur Schaffung einer Grundatmosphäre bei, die durch diverse psychophysische Stimulationen verschiedene Begehren miteinander konkurrieren lässt und den plötzlichen Kaufdrang anregt. Anwendungsbereich und Wirkungskraft des E-Faktors kennt bislang eigentlich noch niemand. Die Wissenschaft steckt hier noch in den Kinderschuhen. Darum auch arbeiten die Neurobiologen von ParK so fieberhaft an der wissenschaftlichen Erforschung der Hirnareale, in denen der E-Faktor hauptsächlich tätig ist, um seine Auswirkungen zu verstehen und sie *ad libitum* zu reproduzieren. Dank der ersten bescheidenen Errungenschaften der modernen Wissenschaft weiß man heute immerhin schon mit großer Sicherheit, aus welchen allgemein bekannten Bestandteilen sich der E-Faktor zusammensetzt: Spektakel, Kommerz, Wettbewerb, Lust, Freizeit, Hysterie, Machtwillen, sexueller Hunger, infantile Launen, Minderwertigkeitskomplexe, Gefallsucht, Nachahmungsbedürfnis. Niemand aber kennt die ursprüngliche Formel, die durch die ihr eigene Alchimie zu seiner Synthese führt. Jedenfalls besteht die Wirkmacht des E-Faktors etwa darin, ein erbärmliches, ausgehungertes Gefangenenlager in eine glamouröse Werbeveranstaltung zu verwandeln, die dazu animiert, sofort und ohne jede Scham, dafür aber mit strahlenden Gesichtern und Freudenrufen Zinnnäpfe, gestreifte Pyjamas, Ketten und Eisenkugeln zu erstehen. Muss es noch explizit gesagt werden? Dies ist das Getriebe, das ParK *tagtäglich* am Laufen hält.

31

Die Natur ist in ParK keineswegs Nebensache. Ganz im Gegenteil, sie ist ein wesentliches Element seines klaustrophilen Konzepts. Erwähnt werden sollte, dass sie überall – in Palmblattgebinden, tropischen Farnen, phantastischen Blumen, buschigen Savannen, schlammigen Flüssen und tentakelhaften Lianen – üppig gegenwärtig ist. ParK ist auch ein Naturreservat, das sich dem Schutz von Flora und Fauna verschrieben hat. An diese Tatsache erinnert man sich spätestens dann, wenn man sich in der Tiefe einer Manege Auge in Auge mit einem Gepardenpärchen wiederfindet oder wenn ein Krokodil entschieden hat, sich unter den bonbonrosafarbenen Neonlichtern einer Spielhalle zu wärmen. Sicherlich ist der Auftrag der Arterhaltung hier sehr viel schwieriger umzusetzen als in einem gewöhnlichen Naturreservat, wenn man in Betracht zieht, dass die naturbelassenen Zonen von Attraktionen und Lagern durchsetzt sind und Natur und Technologie hier eine widernatürliche Verbindung eingehen. Zwar nehmen die unberührten Gebiete zwei Drittel der Gesamtfläche von ParK ein, allerdings werden sie immer wieder von den unzähligen Vergnügungsanlagen unterbrochen, die überall, ob hinter einer felsigen Anhöhe oder im Herzen eines üppigen Dschungels, hervorsprießen. Manchmal beschweren sich die Wärter über ihre schwierigen Arbeitsbedingungen, zum Beispiel wenn sie in den überfüllten Gängen eines Einkaufszentrums ein krankes Rhinozeros jagen müssen. Auch die Zählung der Bestände und die Impfungen gehören zu jenen Vorgängen, die durch die permanente Anwesenheit von Zuschauern, welche sich durch ihre krankhafte Neugier großen Gefahren aussetzen, erheblich erschwert werden. Ganz zu schweigen von Noteinsätzen und der Eliminierung unkontrollierbarer Exemplare. Alles in allem aber erfüllt ParK weiterhin schlecht und recht die herkömmlichen Aufgaben eines Reservats, auch wenn sie sich mit seinen eigenen Zielsetzungen überlagern, die jeder Idee von Schutz diametral entgegenstehen. Angesichts der vielen merkwürdigen Vorkommnisse, die sich mit kriminellem Elan immer wieder ereignen, den gewohnten Ablauf stören und der Sensationspresse stets neues Futter liefern, wäre es wirklich etwas übertrieben und sogar falsch, zu behaupten, in ParK herrsche totale Harmonie. Zumindest aber kann man ihm zubilligen, dass ein gewisser Einklang entsteht, wenn eine Herde Zebras auf der Betonesplanade des *Verzauberten Schlosses* die monotonen Warteschlangen der echten und oder gestellten Kunden kreuzt und sich dann beide Seiten, wie vereint in demselben Raum, derselben Zeit, derselben Kausalität, mit einem tiefen Gefühl gegenseitigen Respekts eingehend mustern.

32

Was wäre ein Vergnügungspark ohne seinen abendlichen Festzug? Nichts als ein simpler Jahrmarkt, ein gewöhnlicher Freizeitort. In ParK ähnelt die abschließende Parade einer magischen Prozession, einem grandiosen und apokalyptischen Umzug. Ab 18 Uhr, wenn langsam kühler Dunst aus der Erde emporsteigt und seinen Schwefelgeruch von jahrtausendealtem Kompost verströmt, eilen alle Beteiligten zum unteren Ende der Großen Straße. Gemäß der Reihenfolge ihres Auftritts stellen sie sich vor dem Fast-Food-Restaurant auf, das auf das Beinhaus hingeht. Offensichtlich sind sie an diese Vorbereitungsmanöver gewöhnt und führen sie mit Schnelligkeit aus. Die Gruppenverantwortlichen geben letzte Ratschläge und motivieren die Unwilligen. Dann, unter der Leitung des Truppenführers, einem echten Herrn Redlich, der eine verlauste Uniform trägt, setzt sich der eindrucksvolle Zug im safrangelben Licht der Abenddämmerung, in der giftige Wolken von Moskitos schwirren, die genauso undurchdringlich sind wie ein verendeter Fischschwarm, der an einem Gestade gestrandet ist, in Bewegung. Die Show der monströsen Parade beginnt, zur ambivalenten Freude der gebannten Zuschauer. Zuerst kommen die in postkolonialen Kriegen verkrüppelten Kinder, die jetzt in Smokings gezwängt ihre schlecht vernarbten, milchiggrünen Armstümpfe in der noch drückenden Luft der Abendstunden schwenken, dann folgen schwitzende und hinkende Sträflinge, hinter ihnen belebte Feenfiguren mit disproportionierten Gesichtern, ihrerseits dicht gefolgt von einer biblischen Auswahl wilder und für den Anlass mehr oder weniger dressierter Tiere. Im Rhythmus einer Berliner Fanfare, die von zerschlagenen Fratzen geschmettert wird, welche derart nach Zwiebeln und Urin stinken, dass davon die schraffierten Blätter der Kokospalmen welk werden, marschieren die Gruppen mit kleinen Schritten voran und grüßen die Menge mit einem Elan, der proportional zum Grad ihrer Resignation steht. Muslimische Deportierte und sexy Hostessen gehen Arm in Arm in einem obszönen Lichtkegel, der auf ihre alberne Verhakung gerichtet ist. Einige Zuschauer buhen sie schamlos aus, allerdings gibt niemand wirklich auf diese seltsame Äußerung von Feindseligkeit acht. Mit kehligen Stimmen stimmen die Gefangenen, die völlig erschöpft aus den Steinbrüchen kommen und in den viel zu weiten Hawaiihemden schwimmen, die man ihnen mit Gewalt übergezogen hat, einen verzweifelten Gesang auf ihre Lebensbedingungen an, während junge Mädchen auf Rollern hin und her fahren und diversen Nippes wie Schlüsselanhänger, Bleistiftspitzer, Sicherheitsnadeln und Einwegspritzen in die Zuschauermenge werfen, die sich hinter den Metallgittern drängt. Dabei müssen sie höllisch aufpassen, dass sie mit ihren wilden Kreisbahnen nicht die Raubtiere reizen, welche sie mit gelassenen, aber starren Augen unablässig beobachten. Auf Panzerwagen, die mit Blumen geschmückt sind und sich mit der Geschwindigkeit prähistorischer Mastodonten ihren Weg bahnen, tanzen etwas weiter hinten Drag-Queens mit Einsatzgruppen zu ohrenbetäubendem und faschistoidem Techno, der aus riesigen Lautsprechern dröhnt, welche unter den Infrabässen vibrieren, als würde eine Elefantenherde über sie hinwegtrampeln. Auf ihn folgt ein alter polnischer Warenzug, der zu einem cartoonartigen Konvoi umgestylt wurde, auf dem zwei Krankenschwestern mit mongoloiden Zügen stolz eine Banderole schwenken, auf der mit Blut geschrieben folgende Worte stehen: »Mit eiserner Faust führen wir die Menschheit zum Glück«. Auf einem Sherman M4 aus dem Zweiten Weltkrieg vollführt die Nachbildung einer berühmten Maus mit der einen Hand den Hitlergruß, während sie sich mit der anderen an die Genitalien greift und obszön ihre Zunge bewegt wie ein Heavy-Metal-Sänger. Daneben klammert sich ein Doppelgänger von Ahmadinedschad an eine Kanone und raucht gleichzeitig eine riesige Zigarre auf den Knien von Madonna (einer falschen). Als wäre das alles noch nicht genug und das Chaos der Sinneseindrücke nicht jetzt schon überwältigend, legt sich noch das Brummen gigantischer Insekten, das Zirpen verheerender Heuschrecken darüber wie ein klebriger Film, der aus dem Dschungel quillt. Kettenradpanzer, die nukleare Sprengköpfe transportieren, gen Himmel gerichtet wie die erektilen Organe von Cyborgs, die man mit Viagra vollgepumpt hat, wurden in Karnevalswagen umgewandelt. Eskortiert werden sie von einer völlig enthemmten Truppe von Bollywood-Tänzerinnen, die ihre bunten Tücher in alle Richtungen schwenken, aus vollem Hals Popschnulzen plärren und bei jedem Schritt einen barbarischen Orgasmus simulieren. Auf den Ladeflächen von Lastwagen mit riesigen Rädern werden überlebensgroße, naiv gestaltete Pappmachéfiguren herumgefahren, die die großen Massenmörder des letzten Jahrhunderts darstellen und mit langsamen und würdevollen Gesten, welche durch einen inneren Mechanismus gelenkt werden, den kirgisische Zwerge geschickt bedienen, in die Menge grüßen. Man vernimmt das dumpfe Dröhnen der Ranger, die über die Straße brettern, das Klirren von Eisenketten, die über den Asphalt schleifen und das Röcheln durchtriebener Nachzügler, das wie ein übles Pfeifen klingt. Luftschlangen sprühen, Böller knallen, Konfetti fliegt durch die Luft und so manches vor Verzweiflung gerötete und tief geränderte Augenpaar ist von Tränen verschleiert. Aber niemand getraut sich, offen zu weinen. Am Ende des Zugs schlurfen die kanonischen Exemplare einer Freakshow und stellen ihre unförmigen Körper zur Schau, ihre asymmetrischen Gesichter, ihr monströses Aussehen; sie sind völlig überdreht, wie um das Übermaß an Energie, das sie innerlich verbrennt, abzureagieren. Nur die fesche Anwesenheit der pubertären Majoretten, die wie Puppen ausstaffiert an ihrer Seite gehen, hält sie vom Schreien ab. Mitten in diesem Heidenspektakel streunen Hyänenrudel ohne hierarchische Dünkel von Gruppe zu Gruppe; sie belfern vor Freude und schnappen von Zeit zu Zeit, ohne große Überzeugung, nach einer Wade, einem Reifen, einem Stock.

33

Indem wir selbst dem wilden Geschacher Vorschub leisteten, konnten wir uns einige kurze Auszüge aus der *Einführung in die Neuro-Architektur* beschaffen, dem Werk, das Licht angeblich während der Errichtung von ParK zu schreiben begonnen, aber niemals veröffentlicht hat. Übrigens weiß niemand, ob das Buch heute abgeschlossen ist oder ob es durch immer neue Hinzufügungen noch weiter wächst. Manch einer behauptet, dass Licht es aufgegeben und anschließend zerstört habe, was diesem Text in Architektenkreisen, die alles, oder doch zumindest fast alles geben würden, um ein Exemplar, wenn denn ein solches überhaupt existiert, in ihren Besitz zu bringen, eine beinahe mythische Aura verleiht. Wir kümmern uns hier nicht weiter um den umstrittenen Status des Manuskripts, sondern lediglich um die handfesten Elemente, die wir stibitzen konnten. Es handelt sich dabei um Papierfetzen, die aus einem Papierkorb gefischt wurden. Wir veröffentlichen sie hier so, wie sie sind, ohne irgendwelche Änderungen oder Kürzungen. Die Darstellung folgt keiner bestimmten Anordnung angesichts der Tatsache, dass es keine Textvermerke gibt, aus denen sich eine festgelegte Abfolge der Fragmente erschließen würde. Wir haben uns also entschieden, sie so zu nehmen, wie sie uns gerade in die Hände fielen, und sie nach dem Zufallsprinzip zu präsentieren. Eine letzte Bemerkung noch: Der Leser sei darauf vorbereitet, dass sich die im eigentlichen Sinne theoretischen Ausführungen hier und da mit persönlichen Erfahrungsberichten vermischen. Wir haben sie so wiedergegeben, wie sie sind, weil wir den Eindruck haben, dass sie mit seinem Forschungsgegenstand durchaus in Beziehung stehen, ja mehr noch, dass sie aus ihm hervorgehen. Mit einer gewissen Ergriffenheit bringen wir nun also unserem Publikum diese seltsamen Sätze zur Kenntnis, die dem Vergessen entrissen wurden und in denen die dunkle Stimmung von ParK widerhallt.

Fragment 1

[...] diese Form des ständigen Argwohns, der permanenten Anklage ist mittlerweile so geläufig geworden, dass sie kontraproduktive Wirkungen zeitigt: die Neigung, für den Angeklagten Partei zu ergreifen...

Fragment 2

Das Grundprinzip der neuronalen Architektur besteht darin, über die Bauwerke auf die mentalen Strukturen des Hirns einzuwirken und davon ausgehend auf alle physiologischen Netzwerke. Es reicht nicht, nur die äußeren Sinne anzusprechen und dadurch Gefühle hervorzurufen; vielmehr muss man eine weniger oberflächliche Vorgehensweise finden und zum Kern des vitalen Systems selbst vorstoßen. Das angenehme Kitzeln der Reizempfänglichkeit, dieses Epiphänomen des menschlichen Lebens, genügt uns nicht mehr, wir wollen ins Allerheiligste vordringen. Ein Gebäude hat zuallererst die Aufgabe, das neurophysiologische System seiner Bewohner zu beeinflussen. Bislang war das Stadium der Erregbarkeit noch rein oberflächlich, Zeugnis einer längst vergangenen Epoche, die noch glaubte, die Lösung all ihrer Probleme in einem psychologischen Palaver finden zu können. Wir müssen im Gegensatz dazu unsere Anstrengungen auf das Diesseits des persönlichen Erlebens richten, das heißt auf die infra-individuelle Ebene der Nervenbahnen, der neuronalen und endokrinen Ströme. Unsere Architektur richtet sich an […] Sensoren, die in die Mauern eingelassen sind …

Fragment 3

Vergessen wir niemals diese wissenschaftliche Wahrheit: Diesseits der Gefühle befinden sich die Moleküle. Genau hier sitzt der Hebel für die echte Kontrolle über die Individuen und ihre chemische Lenkung.

Fragment 4

Die Idee, dass jeder Bau die im Raum nachgebildete Form des Körpers ist, trifft teilweise zu. Heutzutage aber müssen wir nicht mehr die äußere Hülle in den dreidimensionalen Raum projizieren, sondern das komplexe Ganze neurophysiologischer Netzwerke, die mehr als jede oberflächliche Erscheinung das Schwingungszentrum unseres Lebens bilden. In ihrer Vielfalt sollen die Gebäude in Resonanz mit den grundlegenden Ausscheidungen unseres vitalen Systems treten. Die Ströme werden sich so gegenseitig durchdringen und eine Kontinuität zwischen innen und außen, Unbelebtem und Belebtem erzeugen. Darum ist diese Neuro-Architektur […] Kontrolle der Bevölkerung mit Hilfe der Biologie …

Fragment 5

Ich träume von Östrogen-Autobahnen, Adrenalin-Kirchen, Pheromon-Schwimmhallen, Hämoglobin-Straßen, Synapsen-Plätzen,

Endomorphin-Gebäuden, Neurotransmitter-Landschaften, Enzym-Flughäfen, Steroide-Palästen, Menstrual-Sporthallen, Testosteron-Stadien, Amphetamin-Hangars, Gameten-Residenzen, Dopamin-Schulen, Psychotropen-Kasernen, Melatonin-Bibliotheken. Die Türen werden wie feuchte und bläschenförmige Schleimhäute sein, die Fenster wie Hormone, die Decken wie endokrine Drüsen, die Mauern werden wie Hypophysen wirken, die Dächer Proteine einlagern, die Balkone in Form von Partikelregen Neurosekretionen freisetzen, die Portale werden die Oligomere stimulieren, die Ornamente die Nervenleitungen steuern; jedes architektonische Element wird eine Funktion in der allgemeinen Produktion von vitalen Informationsströmen übernehmen.

Fragment 6

[…] mühelos. Die Wunderkammer wird sich dem Metabolismus ihres Besuchers entsprechend verändern. Bei seinem Eintritt nehmen die Wände das Aussehen der Systeme an, die ihn konstituieren und sein Bestehen sichern, das heißt die Systeme, die der Ausscheidung, der Zirkulation, der Immunabwehr oder der Atmung dienen und über Nerven, Muskeln oder Lymphen funktionieren. Im Zentrum dieses Raums, der sich permanent verändert, wird der Besucher unter einer riesigen Glasglocke die plastische Veranschaulichung diverser neurophysiologischer Sekretionen bestaunen können, aus denen sich sein Körper Sekunde um Sekunde zusammensetzt. Meine ersten Versuche zielten darauf ab, das psychische Erleben der Besucher zu verbildlichen, das heißt seine Gefühle, seine Erinnerungen, sein Bedauern. Dies erwies sich schnell als enttäuschend, ja sogar frustrierend. Die mentalen Skulpturen, die daraus entstanden, hatten weder pädagogischen noch ästhetischen Wert. Der

Betrachter zog keinerlei Verbindung zwischen seinem eigenen mentalen Zustand und dem biomorphen Werk, dem er gegenüberstand. Auch habe ich beschlossen, das Dispositiv insgesamt zu verbessern und nicht einfach nur den inneren Eindrücken Form zu verleihen, sondern den molekularen Elementen, auf denen sie beruhen. Das eröffnet eine ganz andere Perspektive auf die Neuro-Architektur. Momentan bin ich nicht nur fähig, die neuro-hormonellen Gerüste in einem dreidimensionalen Raum abzubilden, was ja trotz ihrer elektrochemischen Fabriken, die an die Gefängnisse von Piranesi erinnern, noch einfach ist, sondern auch die Arbeit, die unsichtbar in ihnen abläuft, die mysteriösen Verbindungen, die zwischen ihnen bestehen, und die geheime Alchimie, aus der das Leben entsteht.

Fragment 7

… war gestern in der Wunderkammer und habe nichts gesehen. Habe lautlos die Tür hinter mir geschlossen.

Fragment 8

Aufzüge fahren wie DNA-Helices in die Höhe, alles wirkt auf den Organismus ein und trägt zum Stoffwechselgleichgewicht bei.

In diesem Stadium haben wir die Fusion von Beton und Fleisch erreicht. Mit der Veräußerung der neurophysiologischen Armaturen des Lebewesens verlässt die Architektur die uralte Sphäre der unbelebten Materie, der Erde, und gelangt zu dem Element des Lebens, dem Wasser. Sie beginnt sich zu bewegen und zu pulsieren und taucht ihre Fundamente in das ursprüngliche Protoplasma. Ihre Verzierungen spiegeln die verwundbare Schönheit molekularer Verkettungen wider. Ihre Finessen übernehmen für den dreidimensionalen Raum die Rolle von Säuren und Bakterien. Auf diese Weise wird die Neuro-Architektur zu nichts Geringerem als der allgemeinen Gesundheit der Individuen beitragen, sie wird in die interne Regulation der verschiedenen vitalen Systeme eingreifen, aus denen sie sich speist, und, warum nicht?, bestimmte Krankheiten dank eines verlängerten Aufenthalts an jenen Orten heilen, die ausschließlich ihrer Behandlung gewidmet sind. In naher Zukunft wird ein Arzt, um den Cholesterin-Spiegel zu senken, die Produktion von weißen Blutkörperchen anzuregen, die Verbreitung eines Virus zu vereiteln, einen Besuch in diesem oder jenem Gebäude verschreiben können, eine Sommerfrische in genau der Stadt, die der Gesundheit des Patienten am förderlichsten ist, oder die endgültige Unterbringung in einer eigens für diese Krankheit und ihre Pathologie entworfenen Einrichtung.

Fragment 9

Nie wieder will ich die Wunderkammer betreten. Gestern bin ich noch einmal hineingegangen, ob aus Neugier oder Reflex, weiß ich nicht zu sagen, vielleicht wollte ich auch nur die Zeit totschlagen, jedenfalls habe ich nicht erwartet, dass etwas Neues oder ein Wunder geschehen würde, das die Leere, die meine zahlreichen Besuche gewöhnlich begleitete, aufheben würde. Doch diesmal erwartete mich eine unangenehme Überraschung. Kaum hatte sich die Schleuse geschlossen, wohnte ich dem abscheulichsten Schauspiel bei. Drei Meter hoch ragte das durchscheinende Ektoplasma meines Hirntumors vor mir auf. Krankheit und Leiden, selbst die Aussicht auf den Tod, habe ich ertragen können, aber der Anblick dieser widerlichen Form hat mich tief erschüttert. Man hätte meinen können, ein riesiger, aufgehängter Kuhpansen, der von grünlichen Bläschen bedeckt war, in denen biomorphe Kreaturen mit unbekanntem Phänotyp mit ruckhaften Bewegungen, die allen mechanischen Gesetzen spotteten, heimlich herumhuschten. Was soll ich nur aus diesem Horrorkabinett machen? Solange sich die Neuro-Architektur noch in diesem experimentellen Stadium befindet, kann ich mir eine derart schamlose Werbung für körperliche Abnormitäten nicht leisten. Diese ohnmächtige Ästhetisierung der Wunderkammer deprimiert mich. Ich muss damit Schluss machen.

Fragment 10

Mein ganzes Leben lang habe ich nur ein einziges Ziel verfolgt: Die totale Reversibilität von Stadt und Geist. [...] ich wollte mentale Städte schaffen, in denen die urbane Hektik psychomotorischen Strömen ähnelt, ich wollte in die zerebrale Stadt eindringen, ihre enzephalitischen Arterien durchlaufen, mich in ihren Myelin-Membranen verlieren, auf ihren Broca-Plätzen Rast machen, dann ihre okzipitalen Hirnlappen erklimmen und ihre Synapsenhügel hinaufwandern. Wenn die Stadt zur Förderung der Intelligenz beiträgt, indem sie den Abstraktionsprozess unterstützt, muss der Geist seinerseits Gebäude und Viertel konzipieren, die seiner eigenen neuronalen Entwicklung und den Nervenbahnen angepasst sind. Aber man muss über die simple Stimulation des psychologischen Lebens, des Bewusstseinsstroms, der affektiven Affinitäten weit hinausgehen. Dieses Zeitalter ist endgültig vorbei. Es war das der metaphysischen Flaneure, das mit den situationistischen Abweichlern, den letzten Repräsentanten eines spirituellen Zeitalters, sein Ende gefunden hat. Heute müssen wir auf sehr viel materialistischere und weniger symbolistische Weise die wirklichen neuro-urbanen

Expeditionen angehen, die hormonellen Irrfahrten in die Stammzellen und die aminogesättigten Streifzüge ins Herzen der Nukleinsäuren, wir müssen die Verfahren der Zellerkundung verwirklichen und endoplasmatische Raubzüge wagen. Wir müssen Straßen als Synapsenkanäle auffassen und Kreuzungen als chemische Konnektoren. So entsteht vor unseren Augen eine neue Topographie, ein unbekannter Kontinent tut sich auf, auf dem Innen und Außen in einer unerhörten kortikalen Synchronisation ihren Platz tauschen. Die kartografische Analogie zwischen einem Stadtplan und dem zerklüfteten Relief des Gehirns bleibt so lange banal, wie man die Vernetzung zwischen urbanen Mäandern und zerebralen Gässchen nicht weiter getrieben hat. Wir schlagen vor …

Fragment 11

[…] nicht die Karte von Tendre, sondern die von Cortex, die infraaffektive Erforschung der unbekannten Zonen in der zellulären Struktur des menschlichen Körpers und Geistes.

Fragment 12

Der Geist an sich interessiert mich nicht. Mein Interesse gilt ausschließlich der Seele, dem Prinzip des Lebens und der Bewegung. Gedanken, Gefühle, Wille und Erinnerungen sind mir fremd, alles, was von nah oder fern dem Psychischen ähnelt, stößt mich ab, die unendliche Glossolalie von weinerlichen Bewusstseinen, die bis zum Erbrechen ihr Herz ausschütten. Ich fühle mich allein molekularen Kombinationen nahe, die das unsichtbare Netzwerk des Lebewesens bilden.

Fragment 13

[…] so gut, dass sich die Architektur nicht mehr zum Ziel setzen sollte, solide und dauerhafte Schutzräume zu errichten, die Zuflucht vor den Elementen, Ereignissen und Widrigkeiten bieten. Hingegen sollte sie den Menschen der Gefahr aussetzen, ihn in Not bringen und Gastfreundschaft in Feindschaft umschlagen lassen. Die Schönheit eines Gebäudes würde danach beurteilt, inwieweit es seinen Bewohnern Angst einflößen kann.

Fragment 14

Die Hyperbel ist nicht nur eine geometrische Figur, sondern auch eine Denkweise.

Fragment 15

Die Architektur ist eine Aktivität, die darin besteht, ausgehend von einem gegebenen Raum einen anderen Raum zu erschaffen. Wenn wir unter Raum nicht nur die einfache Ausdehnung in drei Dimensionen verstehen, sondern auch die Inklusion, d.h. die manifeste Trennung von Innen und Außen, dann ist die Architektur nichts anderes als die Verdopplung des Raums an sich. Der Raum kommt nicht ohne mindestens zwei Orte aus, die er voneinander trennt, und zwar entweder, indem er sie einander gegenüberst*[ellt]*, oder indem er den einen in dem anderen einschließt. Auch die Rolle des Architekten besteht darin, diese separierende und inkludierende Eigenschaft sichtbar zu machen, indem er ihr eine besondere Form verleiht. Sie *ahmt* die ursprüngliche Natur des Raums nach, indem sie ihn als individuellen Bau ausstellt: Haus, Gebäude, Halle, etc. Ein architektonisches Objekt definiert sich nicht durch Mauern, Dächer oder Zimmer, sondern durch seine Fähigkeit, zwei Orte als den Raum abzugrenzen, auf dem es beruht. Darum meinen wir, dass die Architektur den Raum verdoppelt, wenn sie ihn in einer Baueinheit verkleinert. Ein architektonisches Objekt kann so groß sein, wie es will, es ist doch nur die Reproduktion in kleinerem Maßstab jener fundamentalen Dualität des Raums, seiner Zerlegung in einzelne Orte, seiner Wölbung nach innen und außen. Durch diese beinahe spielerische Miniaturisierung des Raums in der Architektur haben Erbauer und Bewohner das Gefühl, ihn besser unter Kontrolle zu haben.

Fragment 16

Im Grunde regt Arkadien nie*[manden]* zum Träumen an. Man liest immer das *Inferno* von Dante, nie das *Paradies*.

Fragment 17

Die grundlegende Formel jedes Vergnügungsparks: simulieren/ stimulieren

Fragment 18

Das Wesen der Architektur besteht darin, zu verschwinden, d.h. bewohnt zu werden.

34

Parks waren ursprünglich herrschaftliche Gebiete und wurden erst später demokratisiert. Sie wurden für die Massen geöffnet, ihren Bedürfnissen angepasst, gemäß ihren Wünschen umgestaltet. Selbst zeitgenössische Parkanlagen bewahren noch etwas von ihren adligen Ursprüngen. Das Vergnügen, das man verspürt, wenn man einen Park betritt, rührt von diesem errungenen Privileg her. Man wähnt sich auserwählt. Sicherlich ruft die Insellage einen Hauch von Angst hervor, das Gefühl, von der Welt abgeschnitten zu sein und jede Orientierung, sein eigenes Territorium verloren zu haben, aber all das geht angesichts der praktischen Vorteile der Einhegung schnell vorüber. Zweifellos liegt hier der Grund dafür, dass viele Besucher von ParK gar nicht mehr fort wollen und mit großen Gesten und Beschwörungen ihre Aufseher und über ihre Aufseher deren Vorgesetzte anflehen, ihren Aufenthalt verlängern zu dürfen. Wenn man ihnen erklärt, dass ihr Gesuch unstatthaft ist, setzen sie Himmel und Erde in Bewegung und versuchen mit allen Mitteln, ihr unbeugsames Gegenüber davon zu überzeugen, dass ihr Anliegen wohlbegründet ist. Sie schrecken nicht davor zurück, auf die Tränendrüse zu drücken oder einen Bestechungsversuch zu wagen, gern erniedrigen sie sich mit demütigenden Kniefällen und zweifelhaften Angeboten. Angesichts eines endgültigen Abweisungsbescheids verliert so mancher die Nerven. Die entstehende allgemeine Verwirrung nutzt dann der ein oder andere, um einfach abzuhauen. Niemand kennt ihre genaue Zahl. Es heißt, dass etwa zehn Flüchtlingen pro Monat die Flucht gelingt. Sie entgehen der Wachsamkeit der Aufseher und der Videoüberwachung von ParK und tauchen in den dichten Wäldern und gigantischen Gebäuden unter. Keiner weiß, was aus ihnen wird. Einige wurde aufgespürt, gefangen und ausgewiesen, andere sind wie vom Erdboden verschluckt und man hört nie wieder von ihnen.

Manchmal entdeckt man zufällig am Wegesrand Spuren, einen verlassenen Unterschlupf, Essensreste, eine improvisierte Decke, einen verstümmelten und angefressenen Leichnam, was darauf schließen lässt, dass sie hier vorbeigekommen sein müssen. Es wird vermutet, dass es einer bestimmten Anzahl von ihnen doch gelungen ist, in dieser Umgebung, die sich außerhalb der kontrollierten Zonen als ausgesprochen feindlich erweist, zu überleben. Es stimmt zwar, dass die tropische Fülle pflanzliche Nahrung im Übermaß bietet, die man nur zu pflücken braucht, zumindest wenn man die essbaren Früchte und Beeren von ihren giftigen Doppelgängern zu unterscheiden weiß. Allerdings gleicht die permanente Gefahr wilder Tiere diese natürliche Großzügigkeit wieder aus. Die Natur, die dem menschlichen Schicksal gegenüber vollkommen gleichgültig ist, nimmt nicht nur, was sie gab, sondern verlangt auch den Teil, der ihr gemäß dem universellen Gesetz des steten Ausgleichs zusteht. Es fragt sich also, ob den Flüchtlingen nicht von den wenigen Angestellten und Gefangenen von ParK geholfen wird, denen ihrerseits die Flucht aus dieser Anlage gelang, die letztlich einem Konzentrationslager gleicht, in dem sie gefangengehalten wurden. Haben sie sich zusammengetan und ihre Kräfte vervielfacht, wie es nur in Zwangslagen geschieht, ist es ihnen vielleicht sogar gelungen, mit den Ureinwohnern der Insel in Kontakt zu treten, so dass sie nun, nach vielen zaghaften Annäherungsversuchen und gescheiterten Kommunikationsansätzen, aus deren uralter Ortskenntnis Nutzen ziehen können? Auch wenn wir in gewisser Weise ihrer unbeugsamen Entschlossenheit Anerkennung zollen und die an Devotheit grenzende Hingabe, die sie ParK entgegenbringen, bewundern, bedauern wir sie doch aufgrund ihrer verwundbaren Lage, die sie daran hindert, das zu genießen, was er an Besonderem zu bieten hat. Alles in allem verurteilen wir darum ihren Starrsinn, mit dem sie, koste es, was es wolle, an einem Ort bleiben wollen, dessen Einzigartigkeit sie überhaupt nicht mehr schätzen können. Wenn wir darum auf unseren Wegen das Unglück haben, über einen dieser elenden Flüchtlinge zu stolpern, der *manus militari* zu dem Flugzeug geführt wird, das ihn wieder nach Hause bringt, wenden wir unseren Blick mit einem Ausdruck verächtlicher Gleichgültigkeit ab.

35

In einer Wellblechbaracke, die irgendwo in einem schäbigen Viertel steht, hockt ein Greis im Schneidersitz. Er sitzt regungslos, ohne ein Wort. Seine halbgeschlossenen Augen filtern das bisschen Sonnenlicht, das bis zu ihnen durchdringt. Seine zerschundenen Füße sind am Boden festgekettet. Seine rachitischen Arme umschließen die knochigen Knie. Er scheint sein Schicksal akzeptiert, sich in sein Los gefügt zu haben. Er ist der älteste Gefangene der Welt, der die Gefangenenlager zweier Weltkriege, die zaristische Katorga, den sowjetischen Gulag, das deutsche Lager, Irrenanstalt und Fabrik, Zwangsarbeit und lebenslange Einsperrung erlebt hat. Lev wurde 1897 geboren. Er ist heute fast 113 Jahre alt. Er kann sich nicht daran erinnern, je draußen gelebt zu haben, in der frischen Luft, als Herr über seine Gesten und Bewegungen. Soweit er zurückdenken kann, haben ihm Mauern, Zäune, Gitter und Stacheldraht die Sicht versperrt. Er weiß kaum, was eine Straße ist, was es heißt, einen Tag in der Stadt oder am Strand zu verbummeln, auch das berauschende Gefühl, überall hingehen zu können, wohin, wann und mit wem man will, kennt er nicht. Eigentlich hat er auch nie versucht, es herauszufinden. All das fehlt ihm nicht. Im Gegenteil. Nach dem Fall des kommunistischen Regimes konnte er dieses plötzliche Fehlen von Grenzen, diesen infernalischen Abgrund von Raum und Zeit nicht aushalten. Als er die vergitterte Tür durchschritten hatte, zögerte er, setzte furchtsam einen Fuß vor den anderen, blieb dann jäh stehen und wich wieder einen Schritt zurück. Heftige Angst überfiel ihn, die Kehle schnürte sich ihm zu angesichts der entfesselten Unendlichkeit, dieser plötzlichen Leere, die sich ohne jede Begrenzung mit ihren Fluchtpunkten und gähnenden Perspektiven vor ihm auftat. Eine Weile verkroch er sich in der Moskauer Metro, bevor er in letzter Verzweiflung diverse kleinere Diebstähle und Straftaten beging, die ihm 15 Jahre Gefängnis einbrachten. Bei seiner Entlassung packte ihn erneut die panische Angst vor dem Offenen. Daran verlor er wohl den Verstand. Rannte sich den Schädel ein. Heulte wie ein Wolf. Als er aus der Zeitung von dem Vorhaben seines Landsmanns erfuhr, nahm er seinen ganzen Mut zusammen und schrieb ihm einen langen, ungeschickten, rührenden Brief, in dem er ihn schließlich darum bat, bis ans Ende seiner Tage in dieser neuen Art von Gefängnis eingesperrt zu werden. Er bot sogar an, unter bestimmten Bedingungen jeden Tag für ein paar Stunden in einer Freakshow aufzutreten, um für die Kosten seines Aufenthalts aufzukommen. Immerhin stand sein Überleben auf dem Spiel. Er ist der einzige freiwillige Gefangene von ParK, was ihm, nebenbei gesagt, keinerlei Vergünstigung oder Sonderbehandlung verschafft, der einzige, für den seine Inhaftierung keine Strafe bedeutet, sondern eher die Befreiung von einer Strafe, diejenige, die die Außenwelt für ihn darstellt. Er gibt sich mit wenig zufrieden, einer wässrigen Suppe, einem Apfelschnitz, einem Kanten Brot. Den ganzen Tag lang flüstert er mit seinen dünn gewordenen Lippen lautlos vor sich hin. Abends kommt es manchmal vor, dass er sich laut mit seinen Zellengenossen unterhält. Seine Geschichte, die unglaubliche Abfolge seiner sukzessiven Inhaftierungen in ganz Europa und Asien, erzählt er wie ein Märchen. Kein Datum, kein geografisches Detail lässt er aus, er stellt Vergleiche der verschiedenen Haftsysteme an und arbeitet laienhafte Typologien aus. Natürlich hatte er sehr viel Zeit, über diese Fragen nachzudenken, Analogien zu bilden, Theorien aufzustellen, Schlussfolgerungen zu ziehen. Auf seinem Gebiet ist er ein Fachmann für Inhaftierung, für ihre Geschichte und Techniken. Von frühester Jugend an (seine erste Festnahme erfolgte 1908 wegen Warendiebstahls) hat sich sein Körper an Disziplin und Entbehrungen gewöhnt, an harte Arbeit und willkürliche Hiebe, an Wind, Kälte und Frost, an Kakerlaken und Vogeldreck auf dem

Kopf, an Pisserinnsale auf der Kleidung und die gehässigen Blicke der Wachen. Das hat ihm den Geist frei gemacht und ihm erlaubt, sich nur auf das Wesentliche zu konzentrieren. Und das Wesentliche lässt sich seiner Meinung nach auf ein einziges Wort bringen: Unterschlupf. Niemals hat Lev auf irgendeine Ideologie oder Religion vertraut. Er glaubt – wenn dieses Wort hier noch angemessen ist – einzig und allein an Selbsterhaltung hinter Schutzmauern, ganz egal ob diese zu einem Gefängnis gehören. Er hat nachgerechnet. Von 113 Jahren irdischen Daseins hat er 95 in Gefängnissen oder Lagern, jedenfalls hinter Gittern verbracht. 35.000 Nächte des Starrens in undurchdringliches Schwarz, 500.000 Stunden des Wartens, der Arbeit, der lästigen Pflichten, des Zweifels. Abgesehen von seinen ersten unbesorgten Kinderjahren in der Familiendatscha – die aber auch schon oft genug von einer Schneemauer eingeschlossen war – und einigen Momenten des Aufschubs in namenlosen Städten, die er schnell wieder vergessen hat, hat er sein ganzes Leben eingesperrt verbracht. Als Dieb, Kriegsgefangener, Regimegegner, Deserteur, Kommunist, Anti-Kommunist, Pazifist, Terrorist, Vagabund, Patriot, Vaterlandsverräter, Anarchist, Atheist, Mystiker, Trotzkist, Titoist, Zarist. Alle Motive, die zu einer Verhaftung führen können, hat er kennengelernt: politische, juridische, militärische, psychiatrische. Sein Körper, der bis in den letzten Muskel von der jahrzehntelangen Haft gezeichnet ist, ist eine lebende Enzyklopädie des Jahrhunderts der Lager. In sein faltiges Gesicht haben sich all die Jahre des Freiheitsentzugs, der ausdruckslose Blick der Wachen, der schwarze Saum der sibirischen Lärchenwälder eingemeißelt. Seine geäderten Hirnlappen archivieren in Nervenbögen alle technischen und historischen Fakten der Großen Einsperrung. Würde man sie wie eine Generalstabskarte auseinanderfalten, bedeckten sie leicht die Fläche eines Stadions, vielleicht sogar einer Stadt. Da er aufgrund seines hohen Alters für körperliche Arbeiten und jede andere Form von Aktivität nicht mehr zu gebrauchen ist, bleibt Lev ununterbrochen allein in Zelle K 534 und wartet auf Gott weiß was, betrachtet nachdenklich die ihn umgebenden verschimmelten Wände und ihre spinnennetzartigen Risse, denen er aus Spiel oder Langeweile imaginäre geographische Bezeichnungen gegeben hat (das Große Salpeter-Meer, das Nagelband aus Kohlenschlacke, die Halbinsel der grünlichen Rinnsale, die Große Mauerkluft), womit er eine vertraute Kartographie erschaffen hat, die nur in seiner eigenen mentalen Welt existiert. Oder er schaut ohne zu zwinkern dem emphatischen Flug einer riesigen, schwarzen, behaarten Fliege nach und lauscht auf das Klirren des Schlüsselbunds und das Läuten, das das Löschen der Lichter ankündigt. Nur um einen einzigen Gefallen hat er die Leitung von ParK je gebeten: Dass man alle Löcher in seiner Zelle verstopfen möge und so für immer den schrecklichen Anblick eines blauen, leeren, unendlich weiten Himmels aus seinem Blick entferne.

36

Lev ist nicht der einzige freiwillige Bewohner von ParK. Abgesehen von den Instruktoren lebt hier noch eine weitere Person auf eigenen Wunsch. Sie gehört weder zur Leitung noch zum Personal. Sie hat keinerlei familiäre Beziehungen zu irgendeinem Bewohner von ParK. Vor ihrem Besuch wusste sie noch nicht einmal von seiner Existenz, waren ihr die verstörenden Verzückungen der Klaustration vollkommen unbekannt. Natürlich hatte sie in einem Buch gelesen, dass Fred Zenfl »diese Orte, die Konzentrationslagern zum Verwechseln ähnlich sind«, so sehr liebte, dass er »nur jedem und jeder einen Aufenthalt dort wünschen könne«, doch diese herrlichen Worte blieben doch bloß Worte, das heißt arbiträre Zeichen aus Tinte und Wind. Zwar kannte sie ihre Bedeutung, doch blieb ihr ihr eigentlicher Sinn verborgen.

Wir sprechen hier von Lady W., die sich nach ihrem ersten Besuch in ParK sofort dort niederlassen wollte. Anfangs hat Licht ihr Gesuch abgewiesen, das er als *aberwitzig* und *deplatziert* befand (was aus seinem Mund schon einiges bedeuten will). Aber irgendwann gab er ihrer eigenwilligen Hartnäckigkeit, in der sich Charme und Härte mischten, schließlich nach. In Sektor 5, ganz in der Nähe der Flüchtlingslager, hat sich Lady W. auf eigene Kosten einen Landsitz im Tudor-Stil errichten lassen. Das schrille Gebäude mit seinen wunderlichen Türmchen und stets geschlossenen Fenstern wird Tag und Nacht bewacht. Denn Lady W., und dies ist so selten, dass man es erwähnen sollte, ist die einzige Person, die das Recht hat, sich ohne Genehmigung und Eintrittsticket in ParK zu bewegen. Sie genießt einen einzigartigen, außergewöhnlichen Status. Weder ihr Rang noch ihre Stellung rechtfertigen diese Vorzugsbehandlung, sondern sagen wir eher ihre grundsätzliche Geisteshaltung, die mit der korrupten Atmosphäre von ParK, jener stets drückenden und geladenen Stimmung, die einem Gewitter vorausgeht, das niemals ausbricht, auf seltsame Weise korrespondiert. Lady W. ist hier also nicht einfach nur ein bevorzugter Gast, sondern eher eine Art lebendes Maskottchen. Man munkelt, dass sie Kalt eine bedeutende Geldsumme zukommen ließ, um sich einen lebenslangen Aufenthalt zu sichern. Licht war sich zwar völlig darüber im Klaren, dass er, wenn er ParK gemäß seiner ausgefallenen Visionen errichten würde, die ärgerliche Neugier dieser ganzen abgewrackten Bande von Originalen und Exzentrikern, Manischen und Soziopathen, von Liebhabern makabren Blödsinns und modriger Empfindungen anziehen würde, aber er hatte nicht damit gerechnet, dass sich unter ihnen das engelhafte Antlitz einer jungen englischen Aristokratin mit rötlichen Locken, grünen, goldgesprenkelten Augen und weinroten Lippen befinden würde. Doch schnell wich sein erster Eindruck zugunsten erheiterter Bestürzung. Denn Lady W. ist nicht auf die Insel gekommen, um hier das Touristenprogramm zu absolvieren. Sie hasst Sonne, Hitze, das ewige Bräunen am Strand. Sie geht immer mit einem Schirm spazieren und nimmt regelmäßig Ziegenmilchbäder, um ihre weiße, glatte Haut zu bewahren. Sie trinkt ausschließlich den Saft überreifer, fast verfaulter Guaven, den sie mit drei grünen Zitronenschalen verfeinert, und ernährt sich von kaltem Schweinefleisch und verkochtem Reis. Alles, was verrottet, der abgestandene Geruch von Hinterhöfen und Schlachthäusern zieht sie unwiderstehlich an. Nur das Ungenießbare kann sie genießen. Davon abgesehen hat sie von den jugendlichen Ogern in Swinburne und Beardsley alle archetypischen Ticks geerbt: ihren soften Sadismus, phlegmatischen Masochismus und ihre passive Algolagnie. Sie hätschelt ihre eigenen Charakterschwächen wie zänkische Yorkshire-Pudel, denen man rosa Schleifchen umbindet und die man mit Luxusparfüms einsprüht. Aus den gleichen Gründen, aus denen sie ParK besuchen wollte, hat sie sich auch zum Bleiben entschieden:

die wütende Anziehungskraft des Verbotenen. Sie weicht keineswegs von dem Bild ab, das man sich von jenen dem Bizarren verfallenen Sektierern macht, die Licht bis über die Grenzen des Vernünftigen hinaus erregen wollte. Mehr als alles andere auf der Welt, mehr als ihre Kleider und Bücher, mehr als ihre Freunde und Liebhaber liebt sie es, sich von den makabren Figuren der karnevalesken Techno-Paraden mitreißen und den Zufall ihre Schritte lenken zu lassen. Tag für Tag flaniert sie vor den zweifelhaftesten Schauspielen auf und ab. Oft sieht man sie in der Nähe der Gewächshäuser, wo sie die penetranten Gerüche der tropischen Blumen inhaliert und den körperlichen Züchtigungen von Jugendlichen beiwohnt, die zu Unrecht bestraft werden. Beim Anblick des zerschundenen Fleischs dieser androgynen Jungen, die sich wie der Heilige Sebastian theatralisch im Kelch einer gigantischen Rafflesie winden, trübt sich kaum die respektable Miene, hinter der sie ihre verstörendsten Verzückungen verbirgt. Phantasmatische Bilder flimmern unterschwellig in ihrem Geist: das Weinen eines Kindes, das man inmitten eines zähnefletschenden Wolfsrudels ausgesetzt hat, das sardonische Lachen eines zum Tode Verurteilten, die methodische Erniedrigung eines jungen Rekruten. Pervers ist sie ganz bestimmt, aber zugleich hat sie diese leicht konfuse Würde, die die Zuschauerposition und der Abstand rein visueller Teilhabe verleihen. Am deutlichsten spürt man etwas, wenn man darunter leidet. Sie fügt also niemandem Leid zu, höchstens sich selbst, worein sie jeden Tag aufs Neue einwilligt, da sie nur durch das Leiden, das anderen zugefügt wird, selbst Lust empfinden kann. Sie glaubt daran, dass nur der Schmerz eine Kommunion zwischen den Menschen stiften kann. Nur durch ihn fühlen wir uns alle durch dasselbe Band verbunden, demselben Leben zugehörig. Für diejenigen, deren Martyrium sie beiwohnt, hegt sie zwar kein Mitleid, aber doch eine vage Form von Sympathie, von einer Öffnung auf die Welt hin, von Teilhabe am

Großen Ganzen des Universellen Schmerzes. Ihren Gastgebern gegenüber, die ihre eigenwilligen Manien etwas aus der Fassung gebracht haben, pflegt sie zu sagen, dass das größte Unglück der Menschen in ihrer Unfähigkeit besteht, sich gegen ihre eigene Natur zu wehren. Glück ohne Schmerz hält sie für gewöhnlich und vulgär. Ihr neugieriger und blasierter Geist ist nur für Lust empfänglich, die aus Hässlichkeit entspringt. Nichts ödet sie mehr an, als über der öligen Ruhe des Meers der Konformität zu meditieren. Sie will in vollen Zügen empfinden und genauso leben. Normaler Gefühle ist sie überdrüssig, ohne sie überhaupt je gespürt zu haben. Nur extreme Leidenschaften können sie aus ihrer Erstarrung reißen. Mit diesem Anspruch hat sie auf ein angenehmes und schickliches Leben im alten Europa verzichtet, um nun Tag für Tag dem zugleich erregenden und erniedrigenden Spiel der ruhelosen Herumtreiberei in ParK zu frönen. Angezogen von jenem mystischen Abgrund, der unter der heißen und feuchten Tropenluft alles in Auflösung geraten lässt und in dessen erstickender Atmosphäre der Verwesung, die auf einem meteorologischen Prozess beruht, ihre schlimmen Neigungen ihr physisches Gegenstück finden, ließ sie sich Richtung Osten treiben. Es heißt, sie sei ein Ghul. So wurde sie gesehen, wie sie mit ihrer kleinen rosafarbenen Katzenzunge die Blutstropfen aufleckte, die ihr während eines unbarmherzigen *free fight*-Kampfs in jähen Schauern über das bleiche Gesicht regneten, als sie in ihrer Privatloge mit diskreter Aufmerksamkeit, die einer Ohnmacht gleichkam, dem regellosen Wüten roher Gewalt beiwohnte. Mit der nebulösen Scham, die man empfindet, wenn man infame Gerüchte kolportiert, die sich so oder so von allein verbreiten würden, und nebenbei ein paar neue Einzelheiten hinzufügt, wie um zu unterstreichen, dass es sich nur um ein Märchen handelt, das höchstwahrscheinlich mit allgemeiner Ungläubigkeit aufgenommen werden wird, so dass man davon ausgehen kann, dass die eigene Übertreibung nicht gerügt werden, sondern letztlich wie all die anderen der allzumenschlichen Neigung zu Klatsch und Tratsch zugeschrieben werden wird, erzählt man sich sogar, dass sie im Anschluss – vor allem die besiegten – Kämpfer in ihren Garderoben aufgesucht und erzwungen habe, dass Betreuer, Trainer und Agenten, die die Kabinen mit ihrem unproduktiven Gewusel verstopften, allesamt und auf der Stelle nach Hause geschickt werden, um dann selbst wie eine freiwillige Krankenschwester des Roten Kreuzes mit eigenem SM-Club ihre Wunden gereinigt, ihre geschwollenen Lippen geküsst und ihre zerquetschten Glieder liebkost habe. Allerdings ist es nicht diese wilde Arena unterbezahlter Gladiatoren, die die Ehre hat, am häufigsten von ihr besucht zu werden, sondern das sogenannte *Reptilarium Inc*. Wie ein phantasieloses kleines Mädchens, das seine *toys* aus Holz mit makabren Reliquien verwechselt, widmet sie diesem Ort einen Kult, der völlig plemplem ist. Sie scheint dort jäh in die Kindheit zurückzufallen und auf ihre erste verwirrte Aufregung angesichts eines mit Exkrementen besudelten Fetisch-Spielzeugs, eines mit peinlicher Sorgfalt gequälten Tieres, des ersten flüchtigen Blicks auf das väterliche Geschlecht zurückgeworfen zu werden. Auf den ersten Blick unterscheidet sich dieses *Reptilarium* keineswegs von denen, die man in gewöhnlichen Zoos sehen kann: dieselbe stickige Tropenluft, dieselbe höhlenartige Dunkelheit, dieselben feuchten, grob verputzten Mauern, dieselben Glaskäfige, die mit weißen Spotlichtern beleuchtet sind. Der Unterschied liegt woanders: Hinter den riesigen beschlagenen Glasfenstern sind nicht nur diverse Exemplare von Reptilien eingesperrt, sondern auch Büroangestellte. Jede Abteilung besteht aus einem Großraumbüro, in dem mehr schlecht als recht exotische Schlangen und Führungskader in einer Zwangsehe, deren geheimnisvolle Gründe nur Licht allein kennt, zusammenleben und so eine Atmosphäre irgendwo zwischen Dschungel und Technologiepark erzeugen. Netzpythons winden sich langsam summende Computertürme hinauf, schwarze Mambas schlummern eingerollt auf Metallschränken, Puffottern jagen zwischen Ledersesseln die wenigen weißen Mäuse, die sich in diesen eigenwilligen Raum verirren, Gilaechsen wärmen sich unter Bürolampen. Der Boden ist mit schuppigen Schlangenhäuten bedeckt, schleimige Spuren zeichnen tödliche Fährten nach. Hunderte von Nattern und Vipern wimmeln an allen Ecken und Enden durcheinander, so dass jeder Weg zum Kopierer oder zur Kaffeemaschine zu einer fatalen Begegnung führen kann. Notgedrungen haben die Bewohner von *Reptilarium Inc.* mit den Schlangen zu leben gelernt. Sie arbeiten, essen und schlafen an demselben Ort und kennen mehr oder weniger ihre Gewohnheiten und Sitten. Jeder hat in seiner Ecke seine eigenen Ausweichmethoden und seine eigenen Vorsichtsmaßnahmen entwickelt. Die Anpassungsfähigkeit, die diese Menschen bezeugen, ist höchst bemerkenswert und verlangt Bewunderung. Übrigens ist ihre Identität unbekannt. Wer sind sie? Woher kommen sie? Wie sind sie hier gelandet? Auf den ersten Blick, wenn man auf ihr alltägliches Verhalten vertraut, scheinen sie wirklich einer echten Firma anzugehören. Tatsächlich tragen sie alle Merkmale der Arbeitswelt zur Schau. Es heißt, sie seien gestürzte Instruktoren, die wegen einer Fehleinschätzung oder einer deplatzierten Bemerkung in Ungnade gefallen sind und von Lichts Bannstrahl ereilt wurden. Dieses bislang nicht bestätigte Gerücht trägt zweifellos viel zu ihrer gefährlichen Popularität bei den ParKianern bei, die in ihren freien Stunden massenhaft zu diesem finstren Ort drängen, um sich an dem Spektakel der sozialen Deklassierung und dem grausamen Tod ihrer Machthaber zu weiden, der sie unweigerlich früher oder später ereilen muss. Eines steht fest: Die Menschen, die in *Reptilarium Inc.* arbeiten, sind keine Schauspieler, geschweige denn lebensechte Maschinen, sondern echte Angestellte, die sich mit sehr realen Aufgaben befassen. Man braucht sie nur einen Tag lang zu beobachten – was Lady W. unter der Kapuze ihres schwarzen Mantels sehr regelmäßig tut –, um sich von der Effizienz ihrer Arbeit, ihrem persönlichen Engagement und ihrer Professionalität zu überzeugen. Trotz der außergewöhnlich schwierigen Umgebung erzielen sie ein bemerkenswertes Arbeitsniveau und eine rekordverdächtige Produktivitätsrate. Ihr Überlebenstrieb steigert ihre Leistungsfähigkeit. Fast würde man meinen, das beängstigende Umfeld setzt Arbeitskapazitäten frei, die als Ausflucht vor den Todesphantasien dienen. Selbst wenn einer von ihnen von einer Schlange angegriffen wird (was durchschnittlich zweimal die Woche passiert, was zugleich die nur bedingte Gefährlichkeit der Reptilien, die doch für ihre Aggressivität berühmt sind, und die Genialität der Angestellten beweist, denen es gelingt, unter diesen Bedingungen ein fast normales Leben zu führen) und sich der Unglückliche dem Tode geweiht in schrecklichen Krämpfen am Boden krümmt, verschwenden die anderen keine Energie darauf, ihm zu Hilfe zu eilen (was im Übrigen eine völlig nutzlose Geste wäre angesichts der Tatsache, dass sie kein Gegengift bei der Hand haben und ganz genau wissen, dass sie von der Leitung auch keines bekommen werden), geschweige denn, ihn zu bedauern, sondern setzen kaltblütig ihre Arbeit fort, als sei nichts geschehen, und vervielfachen sogar ihren Eifer, der auf dem unerhörten Machtgefühl beruht, welches das geschärfte Bewusstsein für die Tatsache verleiht, ein Überlebender zu sein. Besessen von einer Akte, die dringend abzugeben ist, lässt sie ein Kollege, der gerade von einer Anakonda verschlungen wird, völlig kalt. Nur die Zuschauer auf der anderen Seite der Glaswand reagieren auf das Leid des Unglückseligen. Sie eilen los, laufen hin und her und rufen sinnlos um Hilfe. In diesem Augenblick hört man, wie aus der Menschenmenge, die sich von Entsetzen gepackt vor den mit Fingerspuren und schäumendem Speichel verschmierten Glaskäfigen drängt, ein kurzes, kristallklares »so nice!« erklingt. Am ganzen Leibe zitternd und am Rande des Abgrunds, mit Schweißperlen auf der Stirn, die noch bleicher ist als sonst, und so heftig in den Adern kochendem Blut, dass es ihr auf der Haut juckt und in der Vaginalregion kribbelt, kostet Lady W. entzückt die Finessen des Grauens aus.

37

Man darf nicht erwarten, im Souvenirshop von ParK die typischen, schlecht gemachten Kinkerlitzchen zu finden, die höchstens noch Touristen gefallen, die durch die Zeitverschiebung völlig neben der Kappe und durch den brennenden Wunsch, einfach alles zu sehen, völlig überreizt sind: Schachspiele aus Ebonit, verzierte Kaffeelöffel, Jadefrösche, T-Shirts in XXL und mit schreienden Aufschriften, afrikanische Pseudo-Masken, kurz der übliche Ramsch, der zwar wie große Kunst, aber bitte nicht wie ein originelles Werk aussehen will. Die krankhafte Ausgefallenheit von ParK hört nicht bei seinen Attraktionen auf, sondern findet sich auch in seinen Nebenprodukten wieder. Wir haben eine der zweifelhaftesten Kuriositäten des Ladens näher in Augenschein genommen: *Die Schatulle der Hoffnung*. Es handelt sich hierbei um ein mechanisches und Unheil bringendes Spielzeug, das an dasjenige erinnert, welches Jaffar in *Der Dieb von Bagdad* erfindet, um den Sultan in die Falle zu locken. Von außen sieht die Schatulle aus wie ein Kirschholzkästchen, das nach den gestalterischen Prinzipien des Jugendstils gearbeitet ist. Man öffnet es mit einem Platinschlüssel, der im Dunkeln leicht nachleuchtet. Im Inneren enthüllt sich ein Miniaturtheater mit beeindruckend präzisen und eleganten Details. Dann betritt plötzlich und wie aus dem Nichts eine winzige holographische Figur mit schwerem und zeremoniellem Schritt die Bühne. Beugt er sich tiefer über die Schatulle, erkennt sich ihr Besitzer sofort wieder und amüsiert sich darüber, dass er da selbst in einem Maßstab von 1:20 dargestellt ist. Mit seiner eigenen Stimme, der er mit dem typischen Unbehagen, das aus einer leicht getrübten Vertrautheit entspringt, als die seine erkennt, kündigt der Miniaturmensch seinem lebensgroßen Gegenstück die kommenden Wunder an, deren Zeuge er nun werden wird. Er, also das lebendig gewordene Männchen, werde hier und jetzt dasjenige Ereignis darstellen, welches sich er, also der reale Mensch, am sehnlichsten wünscht, ob er es weiß oder nicht. Und siehe da erscheinen im Bruchteil einer Sekunde und wie von Zauberhand vor einer verblüffend realistischen Kulisse eine erotische Szene, eine Preisverleihung, eine unerwartete Begegnung, ein bewegendes Wiedersehen. Verblüfft wohnt der einzige Zuschauer der mystischen Enthüllung eines möglichen Moments in seinem Leben bei, dem Moment, auf den er schon so lange wartet, der wie ein messianisches Versprechen seinem ganzen Leben Sinn, Antrieb und Richtung gibt und ihm all seine gegenwärtigen Leiden zu ertragen hilft. Er sieht sich selbst in Fleisch und Blut in einer außergewöhnlichen Situation, die seine tiefsten Sehnsüchte stillt und ihn in Entzücken versetzt. Trunken vor diesem unerwarteten Glück verliert er jeden raum-zeitlichen Anhaltspunkt und wird ganz zu der Figur, die sich da in der Schatulle hin und her bewegt. Wenn der Vorhang fällt (wie man so schön sagt, zutreffender wäre sicherlich: wenn es urplötzlich dunkel wird und das Bühnenbild mitsamt der Figuren durch einen unverständlichen Mechanismus in den unsichtbaren Kulissen verschwindet), wird ihm schlagartig und ohne dass es einer Erklärung durch seinen Doppelgänger bedürfte, klar, dass das Schauspiel seines innigsten Begehrens auch bedeutet, dass es ewig unerfüllt bleiben wird. Was hier geschehen ist, wird nimmermehr geschehen. Der Besitzer hat für einen kurzen Augenblick einen Blick auf das erhaschen können, was er sich am sehnlichsten wünscht, und gerade darum hat er es unwiederbringlich verloren. Wenn er die Schatulle der Enttäuschung wieder schließt, erkennt er das ambivalente Gefühl wieder, welches zu gleichen Teilen aus Befriedigung und Frustration besteht, ihn während seines gesamten Besuchs begleitet und so manches Mal verunsichert hat. Eine Reminiszenz aus der Schulzeit kommt ihm in den Sinn und er erinnert sich, dass die Hoffnung das letzte – das entsetzlichste und zerstörerischste – aller Übel ist, die der Büchse der Pandora entsteigen, und bitter bereut er, in diese Falle getappt zu sein. Dies ist das besondere Souvenir, das er aus ParK zu sich nach Hause mitnehmen wird und das zumindest nicht als ein weiterer Staubfänger unnütz auf Konsolen und Kaminsimsen im Wohnzimmer seiner zerschlagenen Hoffnungen herumstehen wird.

38

Auf der Hängeterrasse von H, einem zum Luxushotel umgebauten Supertanker, den man künstlich auf einem Strand kentern ließ, genieße *ich* (nun, da ich die Insel verlassen und meinen Bericht abliefern werde, gebe ich das majestätische Wir auf, um in der ersten Person zu sprechen), genieße *ich* also meinen letzten Abend auf der Insel. Der Tag neigt sich dem Ende zu. In wenigen Minuten wird der Himmel eine weite Lateritebene sein. Vom Meer, das sich in hohen Wellen an der platinfarbenen Küste bricht, tönt die regelmäßige Brandung wie ein Wiegenlied empor. In der Ferne scheint Lichts Elfenbeinturm das Firmament zu duzen, dessen Spitze schon von der nahenden Nachtschwärze erobert wurde. Links von ihm zieht langsam eine weiße Bohne vorüber: Der Zeppelin beendet seine Werberunde und ähnelt einem Handlungsreisenden, der viel in der Weltgeschichte herumgekommen ist. Nichts lässt die Nähe des Grauens, die Nachbarschaft mit den aberwitzigsten Freizeitvergnügen erahnen. Alles atmet seligen Frieden. Doch diese fast sublime Landschaft strahlt eine solch melancholische Schönheit aus, dass mit jedem Moment das Bedauern wächst, sie bald verlassen zu müssen. Nur allzu gern würde man bewirken, dass dieser perfekte Augenblick verweilte, dass er einmal, nur ein einziges Mal, wie ein außergewöhnliches, der Zeit entrissenes Zugeständnis nicht vergehen und sich nicht zu seinen unseligen Brüdern im Waisenhaus der Seufzer gesellen möge. Diese Momente sind so selten, so stark, so wahr, dass man alles dafür tun würde, sie auf Lebenslänge auszudehnen. Denn nur sie geben dem Leben Sinn und verdienten darum, dieselbe Dauer zu haben. Mit einigen anderen Besuchern, die über diese Idylle, diesen besonderen Augenblick und die Verbindung aus beidem genauso entzückt sind wie ich, teile ich bei einem letzten Gläschen meine Erfahrungen aus, diskutiere kontroverse Meinungen, vergleiche Eindrücke. Am Vorabend der Abfahrt wirkt das wie eine Schlussbilanz. Dadurch sehe ich mich auch zu einem gewissen Analyseaufwand gezwungen, der noch durch die intersubjektive Notwendigkeit geschärft wird, mich klar und verständlich auszudrücken. Ehrlich gesagt, weiß ich nicht so recht, was ich von diesem Besuch mitnehmen soll, so sehr drängen sich in meinem Kopf die Erinnerungen in opulenten Bildern und obszönen Flashs. Nach einem langen Moment des Nachdenkens, den der langsame und zugegebenermaßen etwas theatralische Genuss eines Martini on the rocks ermöglicht (gern spiele ich gezielt mit Effekten), vielleicht dies: Nicht sein Rummelbetrieb, der infolge der ihm eigenen ungewöhnlichen Logik Disneyland und Treblinka zusammenwirft, irritiert an ParK am meisten, sondern vielmehr die bescheideneren Gebäude, die fern der grellen Attraktionen ihre gewohnte Identität bewahren: die Dienstleistungsbereiche, die Zeitungskioske, die schmucklosen Toiletten, die kollektiven Küchen, die geschlossenen Siedlungen, das Wachhäuschen, ein Müllcontainer, die Brachflächen. Diese ganz gewöhnlichen Orte, die lose zwischen den spektakulären verstreut liegen, lassen mich durch den heftigen Kontrast, den sie erzeugen, den beunruhigenden Aspekt von ParK noch viel stärker spüren. Sie sind keine erholsamen Pausen, die während des von Erschütterungen geprägten Besucherrundgangs an vertraute Anhaltspunkte erinnern, sondern im Gegenteil Katalysatoren sehr eigenartiger Gefühle. Fern davon, mein Bewusstsein zu beruhigen, indem sie ihm das Manna des Bekannten bieten, unterstreichen, verstärken und vertiefen diese anonymen Stätten mein Unbehagen. Was man von diesem Ort auch halten mag, er gräbt sich tief in unsere geistige Landschaft ein. Alles, was wir (wir, das heißt wir alle, und nicht nur ich allein) über ihn sagen können, hat schon im Voraus Teil an der Anziehungskraft, die er auf uns ausübt. Im Grunde ist der Platz, den wir ihm in unserem Leben geben, ganz unwichtig.

Als ein menschlicher Parameter, eine Variable in der Feinjustierung ist unser Leben im Keim bereits in ParK enthalten. Es gehört zu ihm, ganz egal ob es das weiß und will oder nicht. Die dunklen Abgründe unserer Seele sind nur der Schatten, den das gleißende Licht von ParK wirft. Die Schwärze, die wir ihm zum Vorwurf machen, ist nichts im Vergleich zu derjenigen, die wir in uns tragen. Denn tief in unserem Inneren verdickt sie sich zu klebrigem, stinkendem Pech. Es ist nicht meine Absicht, ParK zu verteidigen; er verteidigt sich schon von ganz allein in Anbetracht der Tatsache, dass er der letzte Avatar einer Verteidigungsarchitektur ist, die unerhörte Fusion einer Festung mit einem Vergnügungspark. Natürlich herrschen dort zu gleichen Teilen Wahnsinn, Grausamkeit und Erniedrigung. Wer könnte wagen, das abzustreiten? Doch ParK ist wie eine blutrünstige Geschichte, die von menschlichen Gräueltaten und Grausamkeiten nur erzählt, um sie auskosten zu können. Er versucht nicht, uns in moralischer Absicht das Schlechte zu verleiden, indem er unsere niederen Triebe rügt, vielmehr will er uns ganz und gar in eine bedrückte Wonne tauchen. Ohne Verherrlichung oder Katharsis bildet er auf einer strahlenden Bühne die brutale und sinnliche Welt in ihren verkommensten Aspekten ab. Vom tragischen Spektakel und seinen erquickenden Zwecken sind wir weit entfernt. Nunmehr genügt sich die Ausstellung des Schlechten selbst und übersteigt die Grenze des Theaters nicht mehr in einer Tathandlung. Sicherlich ist gerade das so schwer anzunehmen: Perversion als akzeptiertes Freizeitvergnügen. Man kann darauf wetten, dass je gesünder, schöner, besser, reicher und älter die westliche Welt werden wird, eine wesentliche Bevölkerungsgruppe dieses unausweichliche Glück nicht mehr ertragen können und ihm, koste es, was es wolle, zu entfliehen versuchen wird. Grausamkeit wird so zu einem lukrativen Ausweichmanöver, einem neuen Markt, aus dem es Profit zu schlagen gilt. ParK ist jedoch nicht einfach nur ein Spiegel der Zukunft, vielmehr ähnelt er einer lebendigen Galerie von barbarischen Gemälden, um die ein Publikum, das keine Fragen stellt und nach heiteren und flauen Empfindungen lechzt, seine Bahnen zieht. Nicht alle teilen meine Meinung, und damit meine ich nicht meine Tischgenossen, die mit mir für einen Drink in der Dämmerung zusammensitzen. Manchmal kommt es vor, dass Kunden, die über das entsetzliche Schauspiel, das ihnen geboten wird, empört sind, energisch dagegen protestieren und sogar versuchen, den Ablauf der beanstandeten Nummern zu stören, die in Szene gesetzten Opfer zur Rebellion aufzurufen oder ihnen selbst zu Hilfe zu kommen. Die weniger Kühnen fordern bescheidener einfach nur die Erstattung ihres Eintrittsgeldes. Ich verurteile sie nicht und verstehe in mancher Hinsicht ihre empörte Reaktion; sie sind für den bezaubernden Charme der Barbarei nicht mehr empfänglich, können die Karussells der Gefolterten, die Autoscooter der Unfallopfer, die per Computer verfolgten Euthanasien nicht mehr ertragen. In all diesen Veranstaltungen sehen sie nur noch das erschütternde Eingeständnis der Ausbeutung des Elends, der Ästhetisierung des Schlechten. Niemand kann es ihnen verdenken, und ich als allerletzter. Die ganz bewusste Zweideutigkeit von ParK schließt immer auch die Möglichkeit einer grundsätzlichen Aversion, eines tiefsitzenden Abscheus mit ein. Dennoch kann die Leitung aus leicht verständlichen Gründen solche Einwände schwer ertragen. Kaum hat ein Besucher rebellisch die Stimme erhoben oder versucht, den gewohnten Ablauf einer Darbietung zu behindern, taucht wie aus dem Nichts ein Sondereinsatzkommando auf, macht ihn auf mehr oder weniger höfliche Weise unschädlich und verfrachtet ihn dann an einen geheimen Ort, hinter dessen gepolsterten Wänden seine vergeblichen Proteste ersticken. Ich habe kein Mitleid mit ihm. Nie habe ich dem Spektakel des Leidens eine moralische Lehre abgewinnen können. Meine Trinkkameraden starren auf den Grund ihrer Gläser. Ich betrachte diese Geste als höfliche Zustimmung. Ich lächle ihnen zu und leere ebenfalls mein Glas. Wir verstehen uns. Draußen gehen die ersten Lichter an, in wenigen Sekunden werden tausende rotglimmende Funken die Insel bedecken. Ein Streifenwagen überquert den nördlichen Strandabschnitt und bleibt vor dem Saum des Palmenhains stehen, der schon in Schatten gehüllt ist. Ein Wachmann steigt aus dem Wagen und lässt seine hell leuchtende Taschenlampe über das düstere Laub des Waldes wandern, wobei er ihm Traumvisionen, erstarrte Affen und riesige Früchte entreißt. Sichtlich zufrieden mit dem Ergebnis dieses inquisitorischen Manövers geht er mit dem lässigen Schritt desjenigen, der sachlich eine Routinemission erledigt hat, zu seinem Jeep zurück. Hinter ihm schlägt die Tür mit dumpfem Knall zu. Erschreckt fliegt ein Schwarm unbekannter Vögel auf und zwitschert vor Glück, Angst und Langeweile. Ich stelle mein Glas ab und schließe einen Augenblick lang die Augen.

Tim Etchells
Endland

Aus dem Englischen von Astrid Sommer
240 Seiten, Gebunden mit Schutzumschlag
ISBN 978-3-03734-043-1
€ 19,90 / CHF 30,00

Maria hat wundertätige Kräfte und setzt den verkorksten Typen aus der Siedlung die Köpfe wieder ein, wenn sie sich aus der Verankerung gelöst haben. Von einem Tag auf den anderen wird Lisa von sämtlichen Automatiktüren der Stadt ignoriert – sie öffnen sich einfach nicht mehr. Wenn Homers »Ilias« nach Endland (sic) verlegt wird, heißen die Götter Haferbrei und Spachtel, Helena, Apollo 12, Aldi und Blowjob, und der Krieg findet in einer »gesetzlich vorgeschriebenen, jeden Samstag auf sämtlichen Kanälen laufenden« Quizsendung statt.
Virtuos verschränkt Tim Etchells verschiedenste Genres und Versatzstücke, spielt mit abgenutzten Wendungen aus Slang, Fernsehen und Popkultur, Werbung und Klatschpresse. Eine Schreibweise, die bisweilen geradezu körperlich schmerzt und zwischen irrwitziger Komik, äußerster Brutalität und abgründiger Traurigkeit hin und her schaltet. Eine Schreibweise, die sich nicht lange mit Realismus aufhält.

Tim Etchells ist hierzulande vor allem durch seine Arbeit mit Forced Entertainment bekannt, »der derzeit brillantesten Theatergruppe Großbritanniens« (The Guardian). Mit »Endland« legt er ein Kompendium sardonischer Kurz- und Kürzestgeschichten, Gruselmärchen und Lehrfabeln für das digitale Zeitalter vor. Für den deutschen Leser wurde die Sammlung um elf bislang unveröffentlichte Texte erweitert.

»Brillant!« The Times

Tim Etchells
Broken World

Aus dem Englischen von Astrid Sommer
384 Seiten, Gebunden
ISBN 978-3-03734-099-8
€ 22,90 / CHF 34,50

Der computer- und spielsüchtige Ich-Erzähler, vielleicht Mitte zwanzig, präsentiert sich als Verfasser eines Wegweisers für ein fiktives Online-Spiel, den er für die anderen Spieler fortlaufend als Blog ins Netz stellt. Die Mission ist klar: das Spiel muss glücklich zu Ende gebracht werden, doch der Weg dorthin scheint unmöglich, denn die Spiel-Welt ist irrwitzig detailreich, überdimensioniert und unüberschaubar komplex. Das Spiel ist daher im eigentlichen Sinne unspielbar, und sein Vorhaben ist ein wahrhaft heroisches Unterfangen…

»Broken World« liest sich tragikomisch, spannend, mitreißend und witzig – und ist sprachlich zugleich innovativ und anspruchsvoll. Virtuos verwandelt sich Etchells den sprachzerschreddernden Jargon der Netzcommunity an: äußerst kreativ und zugleich symptomatisch für eine rundherum brüchige Welt. Ein intelligenter, hoch aktueller Roman über die Verwechslung von Virtualität und Realität.

Tom McCarthy
8 ½ Millionen

Aus dem Englischen von Astrid Sommer

304 Seiten, Gebunden mit Schutzumschlag

ISBN 978-3-03734-055-4

€ 19,90 / CHF 30,00

Ein Mann steht zur falschen Zeit am falschen Ort und hat auf einmal zwei Probleme: Was macht man mit einer Abfindung von 8½ Millionen und vor allem: Wie lässt sich ein Leben wieder ins Lot bringen, dem abgeht, was zuvor selbstverständlich war – die Selbstverständlichkeit?
Der Roman war in Großbritannien und in den USA, wo er einige Wochen auf der Bestsellerliste stand, ein großer Erfolg; er wurde in elf Sprachen übersetzt und wird derzeit verfilmt.

»›8 ½ Millionen‹ ist ein aufsehenerregenden Buch, eine virtuose Mischung aus poststrukturalistischem Bewusstsein und scharfem Realitätssinn, philosophisch hochkomplex und doch so einfach geplottet wie ein Comic, verliebt in jede Abschweifung und doch erzähltechnisch immer auf dem Punkt.« NZZ

»Einer der wichtigsten englischen Romane der letzten zehn Jahre.«
Zadie Smith, New York Review of Books

»Eine beißende post-existentialistische Parabel.« Joyce Carol Oates

»Tom McCarthy ist eines der ungewöhnlichsten, komplexesten und komischsten Bücher der Saison gelungen – eine Mischung aus Science-Fiction, Thriller und philosophischer Spekulation.« WDR 5

Pavel Hak
Trans. Roman

Aus dem Französischen von Ronald Voullié
160 Seiten, Gebunden mit Schutzumschlag
ISBN 978-3-03734-044-8
€ 16,90 / CHF 25,50

Irgendwo in Asien. Es herrscht unmenschliche Kälte. Obwohl bei Todesstrafe verboten, ernährt Wu Tse sich Nacht für Nacht von den Leichen Verhungerter. Ihm gelingt die Flucht durch den Grenzfluss, doch die nächste Station ist ein Bauarbeitercamp, in dem unvorstellbare Bedingungen herrschen. Ein brutaler Mord ermöglicht ihm die Weiterreise. Eine aberwitzige Odyssee führt Wu Tse als illegalen Migranten zunächst in ein ins Groteske verzerrtes »Afrika« und schließlich nach Europa: ins Niemandsland der Abschiebezonen, Müllkippen, Wohnheime, Verkehrsströme, Durchgangsorte. Überall begegnet Wu Tse den Bedingungen einer allgemeinen Wolfszeit: dem Kampf ums nackte Leben, permanenter Bedrohung, Demütigung, Sex, Gewalt und Tod.

In einer monströsen Farce entblößt Pavel Haks sezierende Schreibweise einen Krieg am Nullpunkt des Krieges: den Krieg der Unterwerfung und Kontrolle der Körper, einen Krieg, in dem Grenzen gleich Waffen und Waffen gleich Grenzen sind und das Töten des Konkurrenten im eskalierenden Überlebenskampf eine Entlastung darstellt.

Von der Presse hochgelobt, wurde der Roman in Frankreich zum Überraschungserfolg und erhielt den renommierten Prix Wepler der Fondation La Poste.

»Eine Literatur des Schocks und der Bildkraft, die heute kaum ihresgleichen kennt.« Le Monde

Yussef Bazzi

Yassir Arafat sah mich an und lächelte

Aus dem Arabischen von Nermin Sharkawi

104 Seiten, Gebunden mit Schutzumschlag

ISBN 978-3-03734-056-1

€ 14,90 / CHF 22,50

»Sommer 1981. Ich bin 14 Jahre alt. Mahmud Al-Taki trägt meinen Namen in das Heft ein und bringt mich in die Ausrüstungskammer: Stiefel vom Typ Ranger, die dunkelgrüne Uniform, das Sturmabzeichen auf der Schulter, ein Behälter mit drei Munitionsmagazinen, zwei Granaten, eine schlanke, russische Kalaschnikow mit einer abgesägten 11er-Mündung. So werde ich Mitglied der Milizen, die der Syrischen Sozialen Nationalistischen Partei in Beirut unterstellt sind. Der Sold beträgt sechshundert Libanesische Lira und eine Packung Zigaretten pro Tag.«

»Yassir Arafat sah mich an und lächelte« ist der erschreckend nüchterne Bericht eines Jungen, der als Kämpfer im libanesischen Bürgerkrieg zwischen Schulbank und Geschützgraben heranwächst. Fünf Jahre lang hat der Junge teil am erbitterten Kampf um kleinste Territorien bei ständig wechselnden Allianzen, er erstürmt Stellungen, liegt unter Beschuss, wirft Granaten, tötet und wird nebenbei in der Großstadt Beirut erwachsen, lernt Mädchen, Pornos, Drogen, Alkohol kennen.

»Spektakulär nüchtern und ätzend aktuell« NZZ am Sonntag

»Auf das bloße Geschehen, auf Bewegungsabfolgen und die Mechanik des Tötens konzentriert, erwischen einzelne Passagen den Leser mit der Gewalt detonierender Sprengsätze.« Literaturen

Ludwík Vaculík

Die Meerschweinchen. Roman

Aus dem Tschechischen von Alexandra und Gerhard Baumrucker

192 Seiten, Broschur

ISBN 978-3-03734-178-0

€ 15,00 / CHF 22,50

Wie lehrreich sind doch Haustiere, in diesem Falle Meerschweinchen, für das Familienleben! Die Kinder beschäftigen sich mit etwas Lebendigem und lernen zu beobachten. Wie fühlt sich so ein Meerschweinchen auf ungewohnten Oberflächen? Wie geht es mit Gefahr um? Wem vertraut es? Wie pflanzt es sich fort? Und: Wie stirbt es? Wer sich als Erwachsener mit Meerschweinchen beschäftigt, muss sich nicht fragen, welch seltsame Dinge am Arbeitsplatz vorgehen. Äußerst seltsam ist zum Beispiel, dass an diesem Arbeitsplatz, der die staatliche Bank ist, die Klau-Routine der Angestellten plötzlich durchbrochen wird. Seltsam ist ferner, dass man dort verschlüsselt kommuniziert, dass leere Fässer hinter Türen warten und dass ein Ingenieur verschwindet, der vor einer wirtschaftlichen Katastrophe gewarnt hat.

In diesem Buch, das als »Naturkundebuch« für Kinder beginnt, tun sich nach und nach bodenlose Abgründe auf. Immer zwingender wird die Frage, wer hier eigentlich mit wem experimentiert. Vaculíks freundlich-fürchterliche Prosa, meisterlich übersetzt, entwickelt einen Sog, der an Kafka und Gogol, Robert Walser und Kleist erinnert.